我的曼达林

Mandarin

墨宝非宝 著

江苏凤凰文艺出版社
JIANGSU PHOENIX LITERATURE AND ART PUBLISHING

MoBaoFeiBao Author

图书在版编目（CIP）数据

我的曼达林 / 墨宝非宝著 . -- 南京 : 江苏凤凰文艺出版社 , 2024.8
ISBN 978-7-5594-8241-9

Ⅰ . ①我… Ⅱ . ①墨… Ⅲ . ①长篇小说 – 中国 – 当代 Ⅳ . ① I247.5

中国国家版本馆 CIP 数据核字 (2024) 第 008382 号

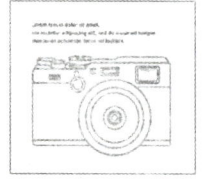

我的曼达林

墨宝非宝 著

责任编辑	周颖若
特约编辑	新鲜面包 红 红 苏 打
封面设计	天然星 x
责任印制	杨 丹
出版发行	江苏凤凰文艺出版社
	南京市中央路 165 号，邮编：210009
网 址	http://www.jswenyi.com
印 刷	北京盛通印刷股份有限公司
开 本	880mm×1230mm 1/32
印 张	8
字 数	186 千字
版 次	2024 年 8 月第 1 版
印 次	2024 年 8 月第 1 次印刷
书 号	ISBN 978-7-5594-8241-9
定 价	49.80 元

江苏凤凰文艺版图书凡印刷、装订错误，可向出版社调换，联系电话 025-83280257

I say love it is a flower, and you it's only seed.

My Darling

My Darling

I say: love it is a flower.
and you it's only seed.

Catalogue
目录

#001 楔子

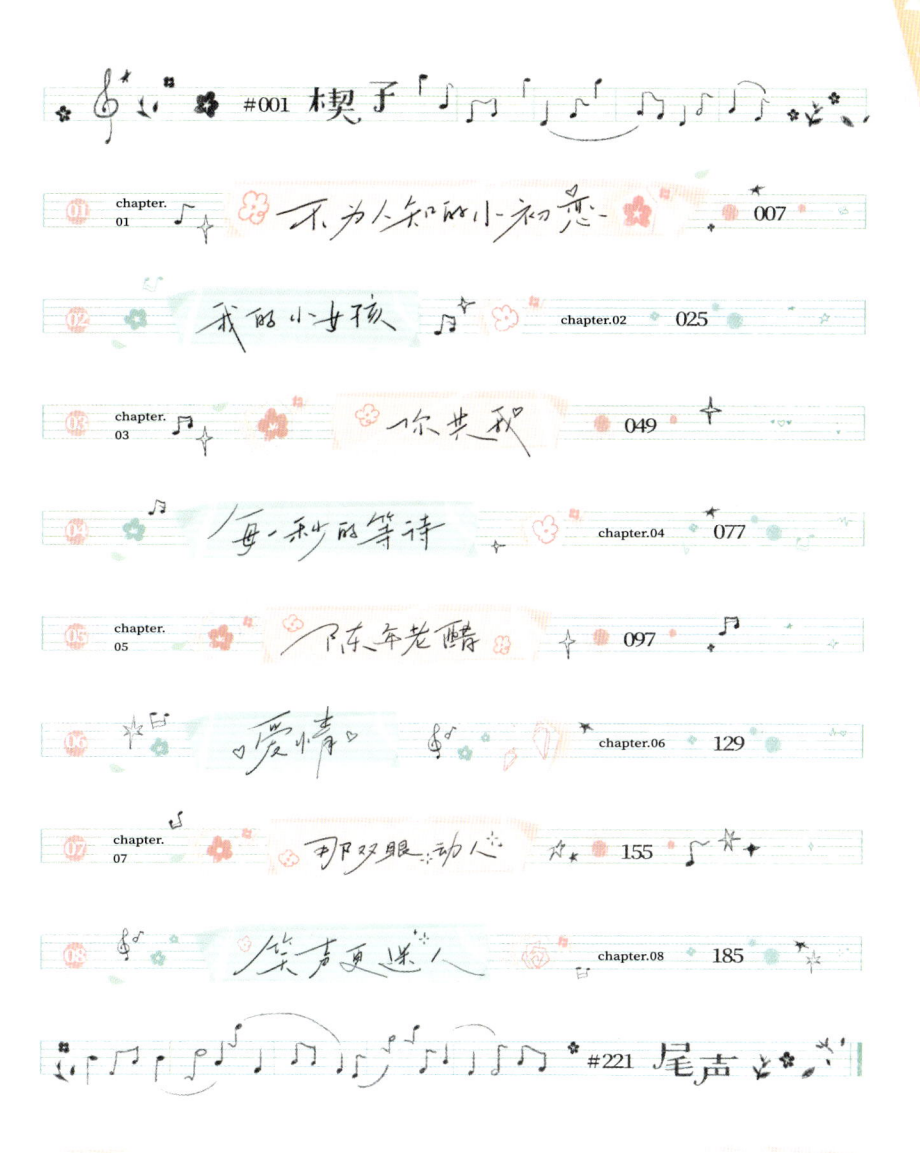

chapter.01 不为人知的小初恋 … 007

chapter.02 我的小女孩 … 025

chapter.03 你共我 … 049

chapter.04 每一秒的等待 … 077

chapter.05 陈年老醋 … 097

chapter.06 爱情 … 129

chapter.07 那双眼动心 … 155

chapter.08 笑者更迷人 … 185

#221 尾声

✿ 番外一 … 231 | 番外二 … 239 | 后记 … 245

Only after climbing to the top of the mountain, can you see the beautiful scenery of the peak.

真想掏出心一
　　给她看.
那里边除了妳
　　还能有谁.

My Darling

说不清，就知道自己能等她一辈子。

I say love it is a flower, and you it's only seed.

My Darling

July

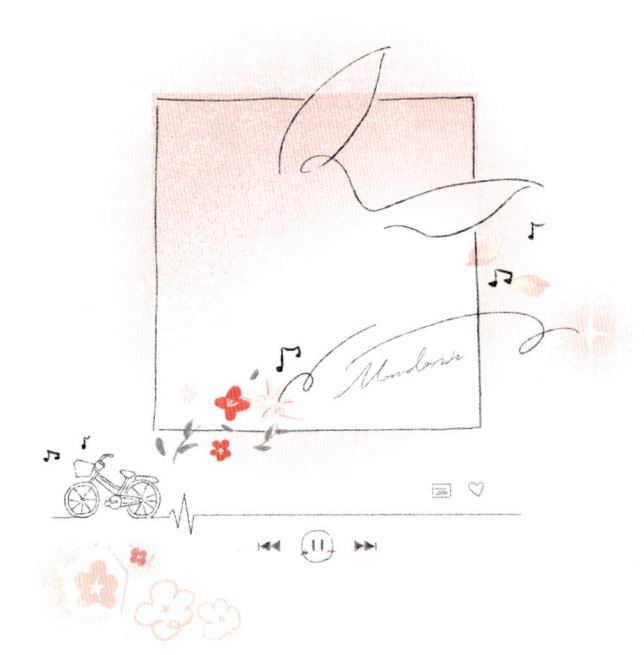

Darling

楔子

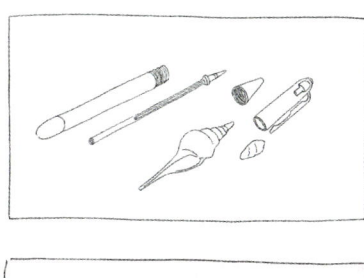

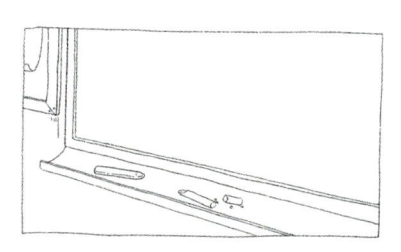

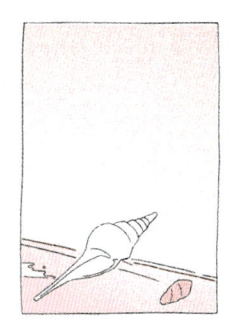

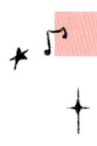

初见翻了翻背包,发现身上的港币用完了……要不要去二楼换点钱?

　　身无分文的感觉好郁闷,童菲丢她在这里也不知什么时候能回来。不换钱继续下注,还真没事做了。

　　初见还在犹豫,身边有个男人坐了下来。

　　黑框眼镜,平光镜片。

　　很年轻,穿着深灰色的休闲长裤和黑色运动鞋,纯棉的白色运动短袖,像个大学生。只是为了保持最佳上镜状态,轮廓很鲜明,略显清瘦。

　　检边林?

　　初见有些惊讶,用手背挡住脸,偷瞄了瞄四周,轻声问他:"你不怕被人拍到啊?"

　　他没说话,将手里的帽子转了半圈,戴上,帽檐遮住了半张脸。

　　"有港币吗?"初见第二句就直奔主题。

　　他仍旧没出声,从长裤口袋里摸出钱包,前后翻翻也就两千港币。

　　"这里好奇怪,明明是在澳门,机器就只收港币。"

初见嘟囔着，接过两张纸币，依次塞进机器后，将椅子转了半圈，偏头去看身边这个年轻男人。

嗯……有点渴。

可让他这么跨越半个场地去拿饮料，也不太现实。

两人身后是数不清的老虎机，还有远处几百张桌子，吵得很。

初见不得不凑近他说话："你坐在这里帮我看着台子，千万别被人拍到。我有点渴，去要两杯奶茶。"

他微拧了眉。

初见已经离开这里，跑到场子去讨要奶茶了。远远地，他看着那个小背影，再次按掉了裤兜里手机的振动来电，对不远处的服务生招了招手——

等初见端着两杯奶茶回来，那个位子已经空了。

"小姐，这里，先生已经为你插了会员卡。"服务生指了指屏幕。

屏幕右上方的余额还不少。

因为被支援了这么一张卡，初见又多撑了三四个小时，等回房间，早过了十二点。

她匆匆冲凉后，随手打开电视机，刚好看到反法西斯七十周年大阅兵的重播。这种扬我国威的东西，当然看多少遍都不厌，她抱了个靠枕撑着下巴，继续等童菲。

两分钟后，消失整晚的童菲终于良心发现，来了电话，第一句是你今晚无聊不无聊啊？初见没来得及抱怨，童菲第二句就是，快，准备准备，我带了一堆人来谈工作。

……准备什么？我又不是你们圈子的人。初见腹诽。

结果凌晨一点多,这里反倒比赌场还热闹。

童菲把在澳门应酬和工作的熟人都抓来了,就在这酒店房间开始了新一轮的新项目碰头,众人从项目导演,谈到演员水涨船高的薪酬。

"听说检边林,也在澳门?我给他经纪人发了大纲和剧本,还等着回话呢。"有人突然说。

检边林这名字一出现,好几个制片人都笑了。

这里可不止有一两个人发了本子和大纲。

可惜这位去年开始一路走强的偶像进入了转型期,挑剧严格,今夜这房里的人就没有拿到他确切档期的。众人议论了会儿,有说他价格太贵,有说他不爱配合宣传,有说对剧本太挑剔等,总之把这个当红偶像吐槽了个遍。

初见在这密集的控诉声中,闷不吭声地烧了壶热水。

其实——

他性格还好了,没这么差……

童菲趁她按下水壶开关的空隙,递了个眼色过来:

你这从四岁起就和人家住对门的早恋对象,可真是大红特红了。

chapter.02

不为人知的
小秘恋

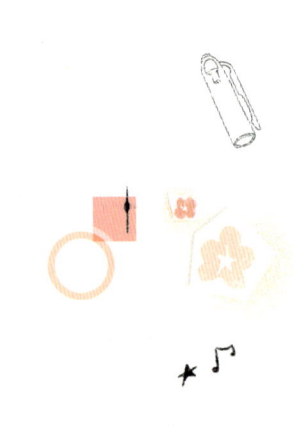

静安寺附近的某条小马路上,沿街有个小院子,推开木门,沿着石子路走进去,能看到一个小美甲店,是初见的。

马路尽头的商务楼里,某一层还有个美甲培训公司,也是初见的。

这两个才是她真正的产业。

至于那个影视工作室,只是因为童菲事业受挫,在初见这里哭了大半夜,初见才决定拿出自己毕业后的所有积蓄支持这个十几年的死党,投资她开影视工作室。

但初见始终认为,自己实在和娱乐圈没什么太大关系。

他们从澳门回来,在虹桥机场分道扬镳,初见回了沿街的小美甲店。她翻了翻预约本,今天生意还不错,不过现在都八点多了,只剩下最后两个差不多快做完的客人了。

没想到,刚计划着约个人去吃宵夜,检边林却来了电话,说要来这里看看,也没说是什么事……

等挂了电话,初见刚反应过来,他是在上海落地的?她怎么记得童菲说过检边林是要直接回北京的。因为工作室现在和检边林公司有合作,所以童菲应该很清楚他的行踪……

难道行程有变?

一个半小时后，用帽檐遮住了大半张脸的男人低调地从石子路走进来，推开门，给了她这个确切答案：

是的，他改变行程了。

门外带来冷风，她把膝盖上的毯子拉上去一些，指了指台子上的那张小卡片："我帮你都充上了。这卡不是你的？是你经纪人的？"

他有些不太舒服地咳嗽了声。

"你要是早说是别人的，我就不用了……"毕竟还是不好，和他经纪人又不熟。

检边林微抬了抬下巴，示意初见把自己手边上的那杯热水给他，又咳嗽了两声，这次能听出来他在重感冒。

"感冒了？"

她拿起杯子递给他，在他伸手接的时候，突然就收回来："不对，这是我杯子。等会儿，我给你找个没人用过的。"

检边林什么都没说。

初见在飞机上没吃什么，饥肠辘辘的，本来想等他拿走会员卡就去吃宵夜。可看他一脸倦容又不敢开口催，初见默默地、小心翼翼地按着计算器，有一搭没一搭算账，顺便用余光偷看他，祈祷能早些解放。

他慢条斯理地喝了半杯热水，拿过她的账本，翻了几页："你投资童菲的工作室了？"

"是啊，你不是知道了吗？"

"投资了多少，五十万？"

两百万,把小房子卖了。

初见默默地转化为:"没多少。"

前一阵卖自己小房子的时候,她是和爸妈说自己要扩大美甲培训事业,在广州、北京分别开三家分店,才算是把这件事盖过去。

检边林可是和自己爸妈最熟的人,不能说漏嘴。

他原地转了圈,领导视察一样,顺便有些探究地看着那面摆了一百多瓶各种颜色的指甲油的玻璃墙,若有所思。

她想不出他还能问什么,第三次祈祷他可以走了的时候,他又双手抄在自己上衣口袋里,用一种在澳门街头刚拍完警匪电影的造型姿势,告诉她:"我刚才来的路上约了童菲宵夜,一起?"

"我账还没算完,"她话说到一半,看他严肃下来,拐了个弯,"不过也好,饿死了。"

算我上辈子欠你的。

这件事说起来,她真是莫名其妙地冤枉,两个人追溯到十几年前,是小学同学。

检边林父母离婚,他和爸爸从广州来杭州,就在她家隔壁租了个房子,于是初见的母亲大人,就没事喜欢自告奋勇带着两个人出去玩。

一来二去,两家交情变得颇深。

后来到初中,初见感情还没开窍,就被全班、全年级同学默认为是他女朋友了。再后来,她觉得自己根本没这个意思。

某天放学后,初见趁着检边林在楼道里帮自己把自行车锁在栏杆上的那一刻,鼓起勇气对着他的背影坦白说——

"其实我真不喜欢你。"

当时检边林也就看了自己一分多钟,然后拎起两个人的书包,上楼,也没表示出任何异议。

原本故事顺利发展,应该是关系变淡,然后毕业后再不联系。

但无奈两家关系太好,到现在还经常结伴出游,两个人因为一系列阴错阳差的事,就如此成了死党。可这么多年,她总有种自己当年是个负心汉,无情甩了他,略有小内疚的微妙情绪。

吃宵夜的地方是他经纪人谢斌定的,小店,熟客。

小包房,前后检查完毕,不会被人拍到后,几个人先后装着没事儿一样,钻进了店里。

初见以为童菲会跳脚,毕竟在澳门她工作太拼命了,每天只睡两三个小时,下了飞机脸都发灰了,发誓再也不接工作电话。

可现在,完全喜笑颜开啊,带着个刚签约的小鲜肉走进来,忙不迭招呼介绍,那位就是检老师、谢老师。

然而,童菲和小鲜肉坐下,根本插不上话,因为初见正在一本正经给谢斌讲解自己美甲事业的盈利模式。

"你不知道,你肯定猜不到,这个行业的主要营销平台在微博,"她用夹子在铁板上翻着自己想吃的麻辣鸡胗,"那些开美甲小店的店主只要在微博上搜索,就会来找我看货,订货,下单,每个月固定有五六个上门,单子平均五万以上,我就稳赚不赔。"

谢斌表示钦佩:"也算是有自己的事业,女强人,女强人。"

检边林喝了口梅酒,放下小小的玻璃杯。

杯子里的冰块轻轻碰撞,有轻微声响。

他的目光，比任何时候都要安静，看着她如何拿着不锈钢的小夹子，兴致勃勃地、不厌其烦地一个个翻着小小的烧烤食物。

她烤得专心致志，他看得一本正经。

他其实要求不多，每次经过上海时，能见见她，看她想拒绝自己又觉得内疚的小表情，强迫她陪自己吃吃饭，说说话，就够了。

初见还想继续生意经，被童菲在桌下踩住，马上识趣住口，指向那个小鲜肉："这位，这位林深同学就是菲菲新签的艺人。"

检边林食指在酒杯边沿滑了半圈。

没什么多余的话，一个字也没有，就是顺着她的手指，象征性去看了那个大男孩一眼。

然后，他继续看她。

谢斌倒是笑了："我是不是见过你，以前？你不算纯新人？"

林深内敛笑着："是见过，在澳门。"

"啊，对，我想起来了。"

"这次我去澳门，就是为了说服他和我签约。"童菲补充。

林深过去曾被制片人签下来，却因为制片人越混越差，一直没什么戏上。后来解约回到家去卖猪肉脯，倒是开始过得不错。童菲偶然拿到他的资料，千辛万苦去了好几次澳门，屡次登门劝说，甚至约了对方父母，才算是把他签下来，带去北京重点培养。

谢斌清了清喉咙："这么说吧，我想和你们工作室合作。"

童菲打了个磕巴："合……作？"

完全意料之外。

连开出来的条件都非常诱人。

"我们公司买了几个大版权,要捧新人,"谢斌说,"我想要请你们工作室的编剧写剧本,检边林就是主演,除了带我们公司的新人,你们可以挑一个戏份多的男三,给这位林深。"

童菲咳嗽了声,脸都激动红了,检边林最近都不接电视剧了,一心拍电影。如果肯接,那一定是超级大制作,特别容易捧红人。能跟着检边林演戏,最差也有大众脸熟度!

这顿宵夜真是吃得皆大欢喜。

饭后,大家做鸟散状,检边林自然就开车独自把她送回了家。

初见为了发展事业,独自在上海租了房子,爸妈时常从杭州来小住,替她改善改善生活。于是,检边林理所当然拜托初见妈妈给自己也租了房子,算是个落脚地,房子就在她对门……

于是避无可避,初见和他一起回了家,开门时母亲看到检边林,立刻将他拉进去小坐。

初见累得不行,钻回自己房间去了。

他在餐厅坐着休息,被初见妈妈发现生病后,硬是塞了点感冒药让他吃下去,又是端来热水,又是嘘寒问暖,倒像是见着了亲生儿子。

"累吗?生病了还要演戏?"初见妈妈在他对面坐下来。

检边林摘了帽子,头发软软地、凌乱地贴在额头上,他的视线里始终有初见卧室那扇紧闭的门:"阿姨,没关系。"

初见妈妈叹口气:"还说没事,看看,都累瘦了。"

"他们做艺人的瘦是为了上镜好看,"初见趿拉着棉拖鞋,举着手机从客厅经过,去厨房找果汁喝,"他要是胖了,减肥更痛苦。"

她说着,打开了冰箱。

"检边林在你们家?"童菲还沉浸在今晚大事谈成的兴奋中,听她这么说立刻感慨了,"哎,我特别想问你一个问题,作为掏心掏肺有今生没来世的死党,你能不能悄悄告诉我?"

"什么?"她发现大冰箱里的饮料没了,走出去。

初见拍了拍检边林坐着的椅子,示意他往前点。

检边林看了她一眼,向前拉动椅子,她蹲下,打开小冰柜。

电话那头清了清喉咙,又咳嗽了两声,非常暧昧地压低了声音:"你和他以前……那啥过没?"

……

……

"嗯?"初见装傻,伸手在冰箱里翻,完全忘了自己要翻什么。

果断按了挂断,丝毫不给童菲再发声的机会。

身后,检边林同一时间侧过身子,探出手,从冰柜第二层小格子里抽出瓶西柚汁,塞到她怀里。这是她最爱喝的。

初见嘟囔着说谢谢,和他目光交错。

她发誓,他一定听到了……

其实,那啥是肯定没有。

可,还是让她想到了一些不该想到的。

那年两个人坐轮渡过江,好多人,摩托车自行车的都推上来,

015

她和他被挤到角落里,和爸妈还有他爸爸隔着层叠的人群。就在她紧张身上簇新的棉服会不会被右边车轱辘蹭脏时,却毫无防备地被他遮住了视线。当时的感觉……嘴唇湿漉漉的,被咬住……

初见果断把西柚汁放回去,抽出自己最讨厌的胡萝卜汁,走了。

整晚她都没再出房间。

第二天天刚亮,爸妈就说要回杭州给爷爷扫墓,她翻个身,想继续睡,没想到被妈妈拖起来,交代她厨房里放着鸡汤。

顺便,还告诉她,检边林是下午坐飞机走,中午可怜巴巴没人给他做饭,要初见把鸡汤热好了把他叫过来,两人一起喝。

"不要,你现在就送过去吧,都给他,我不喝……"她表达抗议。

爸妈一人一句,开始数落她不懂事。说到她求饶,终于走了。

结果,她一觉睡到十点多,滚起来,抱着一堆脏衣服从卧室蹭出,厨房里分明就已经有个很高的人影,在用凉水洗脸。

热腾腾的鸡汤被放在小吧台上。

电视是打开的,声音很小,正在放一档音乐节目的重播。

"我妈给你钥匙的?"她在这婉转低回的歌声里,濒临崩溃。

他双手捧起一把凉水,扑到脸上。

扑的力气太大,溅起来的水花弄得他身上都是,还有黑色运动长裤上也都是。

"趁热喝,我改了航班,现在就要走。"检边林直起身子,脸上的水顺着下巴往下淌,他随手抹掉大部分,似乎不太想直视她。

从沙发上拎起运动外衣,临走,还把她家钥匙放到了鞋柜上。

初见看着被撞上的门，很是莫名。

她把脏衣服塞进阳台洗衣机里，这才看到阳台角落的半透明垃圾袋，塞着，呃，塞着她最喜欢的一整套Blythe娃娃，每年的都有，各种限量版，还有个纸盒。

这个盒子初见没翻开过，不知道有什么。

她直愣愣瞅着垃圾袋里的东西，那种多年来蒙在心头的内疚感又加深了。

这是去澳门前，她生日时候，检边林让人送到家里来的。

她签了单，老妈问过是谁送的。当年事情除了她和检边林，身边家人并不清楚，所以她没说实话，就说挺没感觉的一个人送来的，然后随便翻了个垃圾袋装起来。本来扔掉就没事了。

可她急着收拾东西走，给忘了。

就记得走时，老妈还在念叨："不管是谁送的也是一片心意，扔掉可惜啊，真可惜。"

结果，糊涂妈真就没扔。

结果，还让事主看到了。

哎哎哎，哎。

初见继续内疚了会儿，喝了两口汤，匆忙收拾完，临出门前蹲在门边，盯着那袋东西，犹豫了几秒，拿起来，出了门。

没想到，楼道里他还没走。

这下更完了。

她可是亲手拎着这袋子东西走出来，挡都挡不住，就算对着普通的喜欢自己的人，没有这么多年相处基础，她都觉得当面扔掉对方送的生日礼物很侮辱人。更何况两人都认识超过二十年了。

检边林一米八三的瘦高身影，靠在离她不出五步远的地方，侧头，手肘顶了下墙壁站直身子。从她迈出家门，他就在微微皱眉，一声不响地瞧着她。

初见有点慌，指着他租的那个房子的大门："我不是要扔，是想……还给你米着。"

这楼里是一梯两户，初见妈妈给检边林租下来，图个清静，平时他都不在，也不吵不闹，又是高档小区，还安全。

可现在缺点来了。

这种时候除了他和自己，根本不可能会有外人出现，哪怕来个路人冒个头，打破这种僵局。

检边林越是不说话，初见越是冒汗。

偏偏小区还这么静。

明明楼道里的玻璃窗是打开的，可除了飘忽来飘忽去的树影，什么声音都没有。

她也不知从哪借来了勇气，终于嘟囔着，说出了多年压在心里的话："你能不能……别喜欢我了？"

挡在楼道里的人影停顿很久，走过来。

初见觉得自己也许，也许说得不太是时候，拎着人家的礼物要扔的时候说，实在，实在不太地道："你看，那都多小时候的事了，那时候一开始没说清楚是我的错，可我后来也说清楚了啊。我们都这么大了，我觉得就是不说出来，暗示暗示你也就懂了……"

他遮住了楼道窗口投射进来的所有自然光，低头打断她。

"不能。"
……

他说话时的鼻音还很重,好像更重了。

初见嘟囔那句话时心就是虚的,被他斩钉截铁地打断,彻底蔫了。

不是没有心软过。

二十年了。

从小时候背着书包,亦步亦趋跟在他身后,到大点了,坐他自行车后头上小学,那时她还不懂,他怎么把山地车后架卸了,害得自己只能每天缩头缩脑坐在前头。

寒暑假,培训班,补课,中考招生,都在一起。

全区体育统考,她跑了个两分三十多秒回来,是小组第一,可用力太猛跪在了终点线,手脚发麻,也是他在全区考试生面前把自己抱走的,那时候她还以为自己要死了,吓得直哭……这些她都记得。

说句真心话。

这天底下除了他爸和自己爸妈,她是最不想他难过的人。她可以在他最艰难的时候支持他,毫无条件支持,可有些事情……

初见避开他的目光,低头看自己右手的袋子,诚心解释:"这个签收的时候我妈在,她还猜是喜欢我的人送的,我也没解释。要是不扔,我怕她翻出来给你看,你一说是你送的,她肯定会误会。"

"误会什么?"检边林表情寡淡地看着她。

"误会……你和我。"

突如其来的冲钻声,震耳欲聋。

真是时候。

他皱着眉,在这种嘈杂的、让人心浮气躁的杂音里反问:"你怕你妈误会,不会拿去美甲店?"

这倒也是啊,美甲店爸妈都没去过,放在店里确实不会被看到。

她点点头:"哦。"

结果当初见拎着一袋子娃娃,坐在自己美甲培训公司楼下的那间星巴克外的绿色遮阳伞下喝冻柠檬茶的时候,还没想太明白,早晨的谈话结果是什么。为什么会从很严肃的话题,过渡到了讨论娃娃放在哪里不会被爸妈发现的幼稚问题?

怎么感觉只要和他相处,很容易就回到初高中的思考方式……

初见勉强回神,看童菲:"不好喝吗?特地给你买的。"

"不好喝,不甜,又没咖啡味。"童菲一副被坑神情。

"这两天我们公司的小姑娘都在喝啊。"初见疑惑。

两个人从吐槽着咖啡,话题绕着绕着,就绕到马上要合作的大资本家当红偶像检边林身上。童菲这么多年,就是没想通,为什么初见身边有这么号人物,两人还这么熟,怎么就没凑作一对。

"你到底是怎么想的?他到底当初哪里让你不喜欢了?"

初见愁眉苦脸看着对面好奇心极强的女人。

她平时有点避讳这个话题,很少说,可今天心情起伏实在有些大,就解释了几句:"怎么说呢,我举个例子,你如果交了个男朋友,一起做点,嗯,私密的事情,是不是挺正常的?"

"废话……"

"可我想象过,如果和他在一起……只是想着就浑身难受。"

对，就是这种感觉。

连稍微亲密一点的动作都不觉得甜蜜，只觉得特别尴尬。想都不行，更别说真有点什么了……所以她还是觉得两个人的感情，更适合亲情，不是爱情。

不过，她仔细想了想。

检边林这么多年也没做什么出格的事，自己早上太冲动了，成年人，有些事当不知道就好，说出来反而尴尬，也不会有结果。

感情这种事多飘忽不定啊……说不定哪天检边林就悄无声息来段绯闻，女明星？助理？经纪人？跨国合作的恋情？

随便什么就闪婚了。

几天后，初见在北京的分公司开幕，分公司大股东是童菲，算是童菲的第二产业，保障她日后不要饿肚子。

初见就是去指导一下，怎么供货、分货，怎么安排日本来的美甲老师，还有韩国来的文眼线、眉毛的老师们上课，等等杂事。

顺便给这个店明天的开张，准备准备，帮着盘点。

这些活儿都不太重要，主要是精神上支持一下创业的童菲。

因为是女孩子的产业，存货的房间里都铺着柔软的长毛地毯，盘货要脱了鞋进去。她光着脚，站在货架后，检查几十个小格子里的美甲贴片。

墙上挂着个小电视，打开着，随便放着节目。

陪着初见点货的小姑娘好像要看什么特别节目，拿着遥控器调了半天。"检边林!"小姑娘终于找到了要看的东西,兴奋地叫了声,倒是把初见吓了一跳……

她就这么捏着个袖珍骰子,抬头,看到屏幕里的检边林。

在机场?

检边林什么遮掩的东西也没戴,纯粹面无表情走入通道,另一个正当红的偶像在和他并肩前行,和他一比就更像明星装扮了,帽檐朝后扣在头上,戴着黑色墨镜,边走着,边对身边粉丝笑着打招呼。

也只有这种时候,初见才能真切感觉,他是个艺人。

镜头一闪而过。

画面很快跳到了访谈节目。

原来这才是正题。

他坐在沙发上,身子微微前倾,认真听着主持人问他的名字是什么意思,是不是艺名?才会这么拗口奇怪。

他听完问题,坦率回答:"我生下来的时候,父亲愿望很淳朴,希望他的儿子以后能默默无闻守卫这个国家,所以要我做最普通的边防林木。边林,就是这个意思。"

主持人笑:"你父亲的愿望,和你现在的职业相差很大,他有没有失望?"

"开始有一些,"他点头,"现在好得多。"

主持人似乎觉得采访他很不错,什么都直说。

于是,主持人立刻抛出了关键性问题:"你很多粉丝都想知道你对感情的态度,你看,你这么红,还零绯闻,很少接爱情电影,又不演电视剧,和女演员对手戏更是少得可怜。大家不好奇不行啊,"

主持人笑，"有没有什么特别的择偶条件？"

"我喜欢的人……"他完全是脱口而出前几个字。

然后，停住。

初见也凝神听着，随手就把袖珍骰子错放进装羽毛的小格子里。

这种紧张感，太熟悉了。

那时候被老师叫到小办公室，问他们到底是不是在早恋，他也是这样停顿了很久……最后才摇头说不是。明明是天寒地冻的冬天，她生生就被他急出一身汗，怕死了会被请家长。

此时，小电视屏幕里的人变得神情严肃，眼睛看着远处的地板："我希望她……"

再一次的停顿。

连主持人都被他吊起了胃口。

没想到最后，他竟难得在镜头前低头笑了，轻摇摇头，不再回答这个问题。

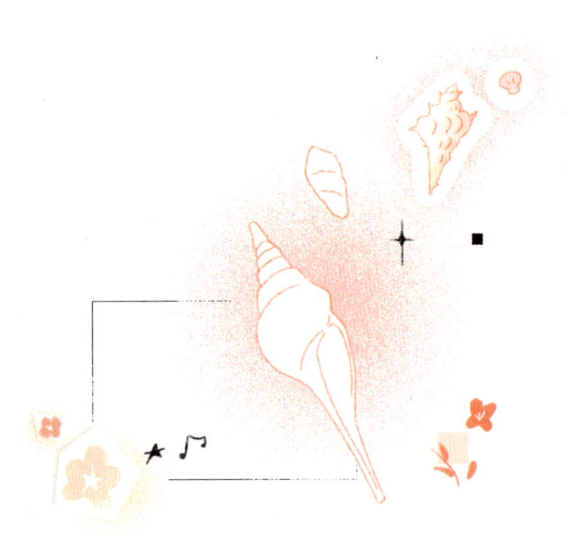

chapter.02
我的小女孩

明明他什么都没说,可她心里怎么有点难过?

这种接连停顿的回答,让主持人也忍不住埋怨,埋怨他这个当红偶像实在太不给面子了,就连多一个字都不肯说。

最后主持人也摆了他一道:"你听过'手控'这个词吗?"

检边林微蹙眉,似乎没懂:"什么意思?"

主持人伸出自己的右手:"就是喜欢好看的手啊,你经纪人没告诉过你,你的手经常被人截图在网上疯转吗?啊,当然,还有侧脸,完美侧颜。"主持人笑着,逗他。

检边林恢复了一贯的正常,冷淡淡地,低头,看了看自己的手。

主持人立刻说,快,摄像快给他手一个特写。镜头切换过去,检边林的左手手指纤长,骨节分明却不突出,干干净净,只有小拇指上戴着个黑色金属的小尾戒。

"这就是重点了,"主持人长出口气,"从他进来我就发现了他把戒指戴在这里,你们的偶像是单身。哎,哎,真不容易,终于让我挖出点儿什么了。"

他垂眸,一声不吭地转了转自己小拇指上的戒指。

接下来的内容,就是例行宣传。

身边替她整理东西的小姑娘,一眨不眨地看采访,简直是铁杆粉丝的典范，接下来那句话险些让她破功："我们宝宝就是高冷，浑身都有种让人想压倒的禁欲感。"

"……"初见有些窘，在思考要不要和童菲讨论下，作为资深经纪人雇用的员工，是不是该对娱乐圈免疫一点。

还没思考几秒，小姑娘又将盘货的册子压在胸前："大啊……"

采访结束的最后一分钟，坐在沙发上的人按照节目安排给出了让人意外的彩蛋：他起身，拿起放在身边的黑色棒球帽戴上，又把帽衫的帽子拉到棒球帽外，戴上。

突然出现舞曲，变暗的灯光里现场所有人都隐去了，只留下舞台上一个黑色影子。

背景音调成舞曲节奏。

他竟然还会……

有人不合时宜地咳嗽了声，是童菲。

同时，一个高大的身影走进来，摘下自己用来遮掩大半张脸的黑色口罩："这里不能穿拖鞋？"

检边林说着，光着脚，一步步走入，打量四周。

检边林？

那个小姑娘秒速转身，不敢置信地看着站在房间门口的男人。"天啊……天啊……我宝宝！啊，不对！检、检边林，检边林……"女孩结巴着，脸从煞白到煞红，完全惊慌失措，完全不知应对，完全是一个在网上不舍昼夜搜索信息，为之掐架为之刷榜为之剪辑无数视频上传 B 站的铁杆资深粉丝的真实反应……傻了。

"啊，"童菲哈哈干笑，"不好意思啊，不好意思，我家这个实习生是你的资深铁粉。"

背景音，还在继续。

这个凡间，已经开始空气稀薄。

初见咳嗽了声，轻声说："你这里的货还不够，嗯……还是我没盘点对，袖珍骰子呢？"

检边林走到她身后，一眼就看到了她刚才还在摆弄的小骰子，捏起来，手臂从她身后绕过去，放在她眼睛前。小小的袖珍骰子被他两指捏着，让她莫名想到刚才电视上的那一幕。手控……

呃，好吧。有点糊涂，忘记已经盘点过了。

初见用笔敲着小格子，示意他放进去，又多看了一眼那只手。

最后的结果是检边林贡献了签名，合照就免了。

小姑娘毕竟是他的铁杆粉丝，完全没有丝毫怨言和失落，粉他的人全都知道他的行事作风，除了必要通告和去片场，最喜欢人间蒸发。

谁都不要关心他在干什么，在哪里，和谁在一起。

初见估计，这也是自己这么多年都没把他太当一个明星来看的原因。

结果检边林特地赶过来也没什么要紧事，就是把她们送回童菲的公寓，连楼都没上就走了。公寓楼下的两个保安还挺八卦地探头看了看那车子里的人，搞得初见紧张兮兮，生怕被拍到影响他……

检边林临走前还告诉她，他马上就要飞维也纳。

初见估计着时间，差不多他回来的时候，她都回到上海家里了，暗暗松口气。

可没想到，三天后发生的一件事就让两个人重聚首了。

检边林父亲是造船厂的，原本要退休了，可还是勤勉地劳动着，照着他父亲自己的话说就是，喜欢船，喜欢造船。不管儿子赚多少都没用，就是喜欢做劳动人民。

可就是因为这样，临退休，事故出现了，从九米高的铁架了上摔下来，到医院没多久就下了病危通知。

一个电话急着打给两个人。

两个人都在北京，她有些慌的时候，他已经订好了所有的行程，订了机票。是他助理送两个人去的机场，等飞机起飞了，她忐忑看他："检边林？你没事吧？"

他原本是看着窗外，回头，习惯性皱眉，没回答。

这可能是他难得几次心乱的时候。

就是因为心乱所以不能开口，他怕自己情绪影响了身边的初见，让她更忐忑难过。初见最大的弱点就是同情心泛滥，心软，恨不得把所有人的苦难都揽到她自己身上受了，太会推己及人。

不过，也就是因为这点，才让他这么多年没有真正失去她。

因为她太容易心软。

"你要是难过，和我说说话吧？"她还不敢太大声，头等舱的空姐一直在看着这里。

他"哦"了声："你想说什么？"

嗯？我？不是我要陪他说话吗，初见有点莫名其妙："随便……吧。"

检边林将自己勾选的餐单递给对两个人十分感兴趣且竖着耳朵在偷听的空姐："那天在你家，看到插花，我记得你对花粉过敏，从来不买花？"

"插花啊……是我妈买的。"她眼神飘飘地看别处。

"你妈不喜欢百合。"他随手把她爱吃的也勾出来,再次递给空姐,顺便对空姐说了句"谢谢你"。

"哦,对。对,记错了,那是大学时候的师姐带去的,我不是去澳门了吗,她就给我妈了。你说我妈这个人也挺奇怪的,"初见嘟囔,"明明自己不喜欢百合,还非要插进去,估计因为我那几天不在家,想过过插花的瘾吧……"

"师姐?你再想想。"

他看到空姐踟蹰地看着自己,疑惑回视空姐。

空姐小声问:"能帮我签个名吗?"

检边林点点头,一般在外边遇到粉丝之类的虽然他不合照,但签名还是不吝啬的,一定程度上他尊重任何人。

对方马上递来一支笔和检边林的照片。

天,还真是粉丝,随身的本子里都夹着照片吗?初见被惊到。

他好整以暇地摘下笔帽,转了半圈笔,签上了自己的名字:"想好了吗?"

空姐偷听全程,到这里竟也开始期待她的回答了。

"……是师兄送的。"

……

检边林低声重复:"师兄?"

然后,他沉默着把签好名字的本子递给空姐,气氛再次跌落到刚上飞机时的原点。

初见忐忑看他,内疚感迅速膨胀,磨蹭了会儿,轻声解释:"我对他没感觉,"说完从座椅前的网兜里翻出了一本有点破的航空杂志,胡乱翻了两页,又嘀咕,"我要喜欢上谁,会和你说的。"

检边林的视线第二次转回来,皱眉看她。

他今天脸色始终不好,现在更不好。

其实要是用心看,谁都能察觉他的情绪就浮在眼中,只是被额前的短发遮挡了些,刻意避开她。他不想用自己的情绪影响她,随便玩笑两句,却没想到反被她拽入另一个心情低谷。

初见知道他在看自己,再不敢回视。

于是像模像样地把手里杂志从头翻到尾,从尾翻到头,连广告小字都一个个去读,就这么闷到飞机降落,险些憋出内伤。

下飞机前,检边林掏出黑色口罩,戴上,遮去了大半张脸。他平时很少戴这个,前几天是生病脸色不好怕被拍到让粉丝担心。现在是心情不好情绪不稳,怕被拍到让人乱写。

本来就生得比普通男人皮肤都要白,被黑色衬着倒显出苍白了。

唯一露出来的那双眼睛,没有看她:"跟着我,别太近。"

说完,他就拎起自己的背包走了。

这是个紧急的行程,不会有什么被提前泄露引导粉丝接机的事情,但是他从出口出来,低头匆匆走过时,还是不断被路人认出来。远近的人纷纷掏出手机,自发跟着检边林的脚步。他连助理都没带,所以难免被人群围观得行走缓慢,幸好,大家都很礼貌。

检边林始终用余光在人群中搜寻初见,生怕她被人群挤丢。初见倒是很小心,乖乖在距离二十米远的地方跟着他。顺便,在他被围住时，还去肯德基里买了杯可乐，耐心地咬着吸管，慢悠悠喝着，等着他脱离人群。

小时候她也常这么等他。

那时候检爸爸在船厂常常出差，去好远的地方，常有十天半个月的让检边林在初见家吃饭，所以必须一起回家。可他的一班是重点班，他又是尖子生，补课拖堂是常事，她的九班是非重点班，放学早。于是两个班级，一头一尾，总是最晚关灯的。前者是整个班在上课，后者是只有初见一个人在睡觉，或者看漫画。

常常是一班下课，所有人都热热闹闹下楼，就他独自沿着漆黑楼道走到最尽头，推开门，把饿得两眼昏花的初见领走。

耐心啊，就是这么被一点点磨出来的。

出个机场简直和打怪升级似的，到处都是障碍物……

最后，连初爸爸的车都被几个资深粉丝围住。初见估摸着自己又没戏坐自家车回去了，转身跑到出租车那里排队。

同时，检边林的手机微振动。

是初见发来的：你和我爸先过去，我打车去。

小粉丝还在对着没有关车门的他说话，检边林从后视镜里找她，看到她上车了，才提醒小女孩们当心手，随后关上车门。

检爸爸住的是 VIP 病房，但幸好，不是重症监护。

初见是最后到的，走进去的时候，检边林正坐在离床远一点的地方，低头，徒手剥柚子，剥好了，一点点又把果肉外的白皮撕下来。

床上的检爸爸正在用广东话控诉他。

虽然到杭州这么久了，父子俩平时还是用广东话交流，初见跟着听了这么多年，也全能听懂了，就是死活都不会说。

检爸爸从他的帽衫数落到裤子，从腰带数落到运动鞋，再到脖子里的那根链子，最后还不忘训一训那个黑色的小尾戒。

总之宗旨就是，男人怎么能在穿着上如此讲究，太不像话了。

检边林这么高的个子，挤在病床和窗户的过道里的那张木椅子上，两腿分开而坐，手肘撑在自己大腿上，也不说话，弓着身子继续剥柚子。直到看到初见，他手才顿了顿。

检爸爸看到初见，很快切换到和蔼可亲的频道："小初啊，叔叔可想你了，你看你这么忙还跑过来。"

"没事，"初见摆手，"我自己就是老板，没人管我。"

检爸爸很久没看着初见，挺高兴，在浑身剧痛中，绘声绘色描述自己上午血压忽而降到超低，险些就一命呜呼的险境。

检边林趁老爸说得高兴，起身把剥好的柚子掰下来，塞进检爸爸嘴里，随手又掰下来一片塞给初见。

"你看人家小检多细心，弄得多干净，"初见爸爸嘀咕了声，"你自己喜欢吃干净的，都懒得剥。"

她嗯嗯承认着自己的懒惰，掰着小块柚子吃着，偷偷看检边林。看检爸这样子，还挺让人放心的，他应该心情好了吧？

很快，又有新的船厂领导来探望。

检边林就和个大熊猫似的，每个进来的人都要多看他几眼，他看自己爸爸挺享受被领导们慰问，也不想留在这里，就独自离开，去查了诊疗费，收了最新的一沓缴费单。

"我去吧，"初见把单子拽过来，翻了翻，"你不方便到处走。"

检边林居高临下看着她。

……

她从他指缝里抽走钱包，跑了。

当初见拿着他的钱包到楼下缴费窗口，对着面前玻璃窗里在用电脑算账的工作人员时，还在默默为自己悲哀。如果当年的事能重来一次，她宁可作天作地，作到检边林受不了主动提出分手，这样，内疚感就不会始终追着她，追了这么多年。

哎，都怪当年没经验。

"我宝宝真是大写的窒息，帅哭了，帅哭了，你看他的腰！"身前后排队的几个小姑娘在兴奋交流着。

这个音乐……不就是昨天在电视节目里播放的舞曲吗？

窗口丢出一把零钱，初见摸过来，瞥了眼被举着观看的那个手机屏幕。果然，就是昨天那个节目的彩蛋。只不过昨天刚出现舞曲，检边林就来了，她就没好意思认真看。

初见理好纸币，按照大小面额的顺序，把钱一张张塞回他的钱包，还是忍不住瞄了眼。

……

黑暗中，有稀薄白光落下，他从低压的帽檐下挑起漆黑幽暗的眼睛，直视镜头——

"这个适合晚上看啊！链接发我，快！"

"是吧是吧，我昨晚循环好十几遍都睡不着！吾宝宝在舞台上绝对的侵略气场，荷尔蒙爆棚！"

……

机场和公司就算了，就连在医院付费排队都能看到他粉丝，初见真是体会到了他最近有多红。也难怪一听到检边林提出合作带新人，童菲亢奋得恨不得把她用彩带捆了送过去做回礼……

她回到 VIP 楼层，看到个熟悉的背影和检边林站在房门口。

那是检边林初中的班主任，初见的英语老师。当初就是这个老太太把他们两个叫到办公室苦口婆心追问是不是在早恋……

初见从小就怕各科老师，迎面和老师碰到，都是躲到楼道边，挨着墙，低头喃喃句"赵老师""李老师"，然后把自己当空气飘过。

所以此时此刻，她第一反应还是努力蹭着墙边飘过……

当然，对方是不会让她如愿的。

李老师立刻伸手，把她拽过去，又是揉头发，又搓小手。絮叨着真是长大啊，就是好看了："我这来医院领药，看见检边林爸爸船厂领导，才知道他工伤住院，就跑上来看看。没想到啊，就碰上你们。"

初见讪笑："老师辛苦了。"

李老师笑得慈祥："你们小两口一起回来的啊？"

她傻了："不，不是。"

"不是一起？那是前后脚来的？"李老师笑呵呵打断，"我懂，小检现在大明星，大明星都要做好保密工作，嗯，放心，老师嘴严。就连学校里学生问，我都没说过你们。"

"老师老师，您误会了，我们真没关系。"初见舌头打结。

"那时候是为了你们学习成绩，"李老师继续揉初见的短发，"你要理解身为一个老师的立场，早恋啊，终归不好，不好。有多少能像你们两个到现在还在一起的啊，都是瞎胡闹。"

"老师您真误会了。我们真没在一起,真的,真的。"初见生怕里边爸妈听到,求助地轻扯检边林衣角。

李老师有些不在状况,望向旁观的检边林。

检边林从初见手里抽出钱包,随手插回裤子后袋:"分手了。"

老人家恍然,神情从怅然到遗憾,最后仍抱着劝和不劝分的想法,小声问:"闹小别扭啊?"说着就去攥住检边林的手腕,"小检啊,女孩子哄哄就好,可别随便分手。"

检边林表情匮乏:"她不太好哄,我尽量。"

这一句话,简直是定了性。

初见很清楚自己再怎么辩解都没用了。

不知道为什么,从澳门回来检边林就越来越不对劲,这么多年两人没越过的雷池,全让他跨过来了。她找了个借口,留检边林在门外应付李老师,自己闷不吭声进门,在船厂领导和众长辈闲聊的声音里,站在窗边,低头玩手机。

算了,不和他计较,检叔叔还要做手术。

检边林没多久跟进来,在她身边站了会儿,不知道该和她说什么。

他拿出手机,微信置顶就是初见的小头像。

这二十几年他放不下的,是他以为属于自己的小女孩。

明知道初见不喜欢自己,还要让全年级误会两人早恋的是自己,在渡轮强行亲她的也是自己,还有那年冬天……直到刚才,他还是存着不切实际的幻想,想让她默认真的和自己在一起过。

包括现在,他也是笃定她不会在父亲生病的时候和自己生气。

一切自私的笃定都让他想起,经纪人谢斌的话。

037

"算了吧，检边林，"那晚和谢斌喝酒，两个人在阳台上吹风，对方一个大男人都开始站在初见立场劝他，"你也就仗着你们两家的关系，把她从小到大能有的姻缘都给搁了，人都二十六了连正经恋爱都没谈过。说到底，不就是人家倒霉和你从小做了邻居吗？"

说得没错，被他喜欢上是挺倒霉的。

初见还在和公司里的小助理沟通日本美甲老师来上课的行程，顺便问问展览会展位的问题，检边林的微信出现：抱歉。

她想了想，没回。

没想到的是，这两个字成为两人整个白天最后的对话。

晚上，检边林在 VIP 病房陪床，初见和父母回到杭州的家。

顺便老妈还拿了检家的钥匙，去收拾收拾东西，去医院比较急，都没来得及收拾住院要用的东西。初见帮着妈妈收拾了会儿，把阳台上晾着的衣服收了，叠好，放在主卧床上。

发现床头还放着照片，是初见和检边林高中毕业时的合照。

照片里的两个人穿着校服，是拿录取通知书那天，在校门口被检爸爸要求站在正门口合照一张。

蓝色校服，很具特色。初见站在他身边，头顶将将到他肩膀，他眼睛黑亮，鼻梁上还有一副无框眼镜。初见大眼睛小鼻子，在笑着，有颗歪出来的小虎牙，漆黑短发，齐刘海儿。

因为检爸的要求，检边林还揽着她的肩。

她还记得，那时候，他在高中重点班，成绩特别好，不爱搭理人，戴着眼镜，总被外班女生描述成一班的那个"斯文败类"。为什么会有"败类"两个字呢？她实在好奇，私下追问过，回答纯粹是因为长得太好看了，不像好人……

"发什么呆呢？"初见妈妈拎着包，里边塞满了换洗衣服和洗漱用品，走进来，看到照片也笑了，"这照片是你爸爸给他洗出来，特地买了相框放这里的。你俩小时候关系多好啊，可惜大学没在一起，要不然更好。"

初见"嗯"了声，转身出了房间。

原本安排是第二天手术，晚上睡到三点多，初见突然被叫起来，说是状况不好，要赶紧去医院。她摸到衣服穿上，就跟着爸妈去了医院，顶着乱糟糟的头发，跑到手术室外。

人已经进去手术了，只能等着。

检边林独自坐在手术室外，因为怕这时候还被人围观，他也没戴醒目的黑色口罩，而是把帽衫帽子戴上，遮住了自己大半张脸。

初见走过去，犹豫了几秒，弯腰，轻声问："你到现在一直没睡？饿不饿？"

这是从他说"抱歉"两个字后，两个人的第一句对话。

检边林抬起眼睛，看面前在睡衣外穿着运动外衣的初见，过了好一会儿，低声说："让我抱抱你。"

初见哑然，被他抓住手腕拉到身前，右肩重重撞上他的额头。从腰到后背都被他的手臂环住，紧紧地，一动也不能动，被手臂勒得太紧，有些喘不上气。可又不忍心在这时候推开他……

楼道里冷清清的，没有几个人。

爸妈还坐着在低声交流，看到这一幕，顿了顿。然后妈妈给了她一个眼神，让她好好安抚检边林。毕竟他从小是跟着爸爸从广东北上来到杭州，检爸从小带他到大，现在这状况，挺可怜的。

初见感觉得到他的不安，很浓郁。

她伸出手，轻轻搂住他的肩，低声说："没事的，没事的。"这还是她这么多年第一次充当"安慰保护"他的角色，有些……不知所措。因为离得太近，鼻端都是他的味道，混杂着医院的，让她越来越不知所措，可是不能推开，这时候肯定不能推开。

最后还是检边林放开她："抱歉。"

还是抱歉。

初见蒙蒙的，不知该继续安慰，还是做些什么。最后给自己找借口买宵夜，下了楼。她实在慌，就给童菲发了个微信：睡了吗？

这时候最有可能没睡的就是这个劳模经纪人。

很快，童菲回过来语音："没呢，陪我家艺人拍夜戏呢。干吗半夜不睡？被非礼了？"

初见：……检边林爸爸情况忽然不好，我不知道怎么安慰他。

童菲：用你的身体啊。

初见：……

童菲继续丢了一条语音，很是感慨："哎怎么这么可怜啊他，我本来还想等你回来时候和你说呢，谢斌今天和我谈合同时候提起来的，说检边林体检报告不好，回来就要开刀呢。真是事赶事啊，你好好安慰人家吧，没有爱情也有整整二十二年的友情啊。"

要开刀？初见还以为自己听错了，赶紧重复听了遍。

两辆救护车停在楼门外，几个医院工作人员站在那儿聊天。很快，又有一辆开进来，初见就在救护车的蓝色灯光里，脑子空白地呆站着，直到人家说快让开，她才匆忙退后两步，撞上了墙壁。

童菲见她没回话，继续补充："本来人家都没打算告诉我，因为要和他们签合同确定我们家演员和编剧的工期，本来要明年年初开拍，可说是要等检边林的时间，后来谢斌看我是自己人，才被我套出来实际情况。我也不知道什么问题，说不定是小手术。"

她听完，心仍旧悬着。

童菲语音又丢过来："也不对，说是至少要休息三四个月，应该也不是小手术吧？"

初见只觉得手软，险些握不住手机。

难怪一直觉得他不对劲……

他又不说，谁都不说，这次因为检爸爸的事，更不可能说了。

初见心乱糟糟的，绕着医院大楼走了好几圈，从有灯光的地方走到阴暗处，如此反复了数次终于上楼。

这次她没有躲开他，直接坐在他身边，因为是连着的椅子，连着他身下的那把也有动静，本来闭着眼睛强迫自己静心的男人睁开眼。

"楼下没东西吃了。"初见小声说。

他没应声。

"你是不是有什么事情没告诉我？"初见声音更轻了。

检边林在略显苍白的灯光下，凝视她。

初见还是觉得要问清楚："你怎么不说话？"

"没有，"他平淡地说，"没有什么想告诉你的。"

初见蹙眉，看着他站起身，走到手术室外背对着自己，完全一副避开她，不想让她再问的样子。

到天大亮，手术室的灯终于熄灭。

医生走出来的同时，检边林迎了上去，和医生短暂交流。对方告诉他，检爸已经从手术室直接被推进了重症监护。手术很成功，只是因为年纪大了，身体里有十几个钢钉，迟早也需要新手术，胯骨要换成人工的。

这算是让人暂时安心的好消息，初见和父母也都松了口气。

二十四小时后，检爸爸顺利从重症监护室转入普通病房，这期间，检边林都一直和她避开直接交流的机会。只有在他想要给检爸换干净病服时："出去问问护士，医生什么时候来检查。"

初见"哦"了声，走出去两步。

不对，医生不是刚走吗？

身后床帐被拉上的声响，解释了他的"谎言"。

到第三天，让她摆脱这种无交流尴尬的人，竟然是拎着一袋水果再次来探望的李老师。李老师和检爸说了会儿话，慈祥地攥住初见的手，放在手心揉搓："你们要不要回学校去看看？"

学校？

初见无法想象检边林出现在校园的画面："他不太方便吧？"

"今天是星期六啊，只有初三在补课，没关系的。"李老师盛情邀约，估计是想用往昔少年回忆，缓和她和检边林的关系。

初见不笨，老师心里的小九九，她想得明白。

虽然，她不是为了"和好"，但也想找个缺口，让检边林能主动说出要做手术的事。于是，她颇为爽快地答应下来。

初中学校距离这个医院只有十分钟路程，很快就能回来。

她想，检边林从小就很尊重老师，一定不会拒绝。可她算计到开头，却没算计到结果。

这个男人要是不想搭理人,谁都不可能撬开他的嘴。

初见悬着腿,坐在跑道看台的栏杆上,盯着他。

检边林在两级台阶之上,安静坐着,看着远处空无一人的跑道。

"检边林。"她在叫他的名字。

检边林。

这是他最开始能用普通话念出来的词。

人名,他自己的名字。

五岁,来到这个陌生的城市,他还不会说普通话。对门四岁的小女孩特别腻人,天天领了检爸的任务,教他一句句说。锲而不舍,天天跟在他身后,检边林,检边林叫着,顺便用她自己也不太标准的普通话混杂着杭州话,嘟嘟囔囔。

终于有天,傍晚,在两家大人还在喝着小酒闲聊时,他停住脚步,硬邦邦丢出句话:"你好吵,我知道我自己叫什么,检边林。"

一整句话都发音标准,惊了两家大人和屁颠颠跟着自己的穿着黄色小鸭子图案连衣裙的小女孩。

其实他并不是神童,只是自尊心太强,把她平时说的每句话,还有电视机里新闻的旁白都默默记在心里,背着人练习到熟练精准。

"检边林?"一晃二十二年,叫他名字的还是那个小女孩。

"坐远点儿,"他的声音很模糊,好像不是他自己在说这句话,"别挡着我。"

"……哦,"初见向着栏杆旁挪了挪,"远了。"

初见眼睛里都是话,不敢说,她想让他把遭遇的困难告诉自己。

检边林仍旧望着跑道的最远处,他猜,她应该是知道了。

只是她不明白,与彻底放弃她相比,这些东西都不算什么。他只要想到要放手,就给了她心甘情愿将无名指递到别的男人手中的机会,就觉得这辈子算是过完了,到此为止。

"检边林,"她的声音飘过来,仍旧在试探他,"你是不是身体哪里不舒服?"

检边林突然站起来,直接跳下两级台阶,沿着看台的楼梯快步走下去,一路从操场穿过教学楼的大厅。可听着身后急急忙忙追着自己的脚步声,突然就停住脚步。

初见还在想着今天一定要问出来,不管他如何嘴硬不开口,就一个不稳,被他攥住了手腕。

"你一直跟着我干什么?"

"……"

"你先放开,万一学生下课就麻烦了,"初见扭着手腕,想抽出来,"我知道你心情不好,检叔叔刚做完手术,你又……"

"又什么?"检边林一把扯过她的胳膊,摔到黑板上。

冷不防被他这么拽住摔过去,她压根儿还没反应过来,手腕就被按住。黑板上红红白白的几个小字,被她衣袖蹭糊了,全是粉末。

初见疼得蜷了指尖,觉得自己要憋屈死了:"我知道你要做手术,你经纪人说的。"

"所以呢?"

"你家没什么亲戚在北京,只有个经纪人。检叔叔又刚做完手术,没办法去陪你……"

"所以呢?"

"我想陪你。"算了憋屈就憋屈死吧,总比他好过。

044

她这才刚缓过劲儿来，努力安抚着自己的情绪，没想到检边林完全不买账，声音越来越冷："陪我？用什么身份，好朋友？女朋友？"

初见愣了一下就反应过来。

他又在逼自己。

她微微胸闷着抿起嘴唇，什么都不想说。

如果不是碰上检叔叔现在这种状况，又不知道他生了什么病要做手术，她怎么会跟着他。从来都是能避就避，但面对这种人生大波折，自己再避开，是不是就说不过去了。

昨天，童菲还在微信里问自己，如果是不太好的一种病要怎么办？她回的是"不知道"三个字。

不知道，特迷茫。甚至会在他背对着自己，面对手术室无声等待时，有那么几个瞬间的心软……

几步远贴着的教务处通知单被秋风吹得飘起来，刺啦作响。

有东西在检边林掌心里跳跃着，是她的脉搏，微弱的，急促的，无论是多微小的细节，关于她的都会让他留意。

他喉头发紧。

想亲她。

有笑声，女孩的，还有吵闹声，男孩的，从教学楼最东面的楼梯口断续地飘过来，是补课的班级放学了。

初见仓促推开他："我不管你了，你想怎么办就怎么办吧。"

她跑出教学楼，从篮球场穿过去，从敞开的小铁门跳出去后，原地转了两圈，果断朝着和医院相反的方向走去。胸口闷闷的，怪他完全不领情,也怪自己在这时候还发脾气,各种责怪懊恼生气的情绪纠缠在一起,郁闷得想哭。

在面前女孩跑出教学楼后,检边林上前几步,推开了一间敞开教室的门,门打开的瞬间,两个正攥着粉笔在完成黑板报任务的女生被惊到,回头,瞬间叫了声。

检边林抿起嘴唇,手指压在嘴唇上,示意两个人不要出声。

教室归于沉寂。

一墙之隔的走道里开始有整个初三年级的人,热闹地庆祝今天的补课结束。吵闹,渐行渐远,从七嘴八舌到三两交谈,到最后恢复安静,他终于抱歉地点点头,感谢两个人这么配合。

"你,你真是检边林吗?"其中一个结巴着问。

他没回答,算是默认。

"我早就说啊!检宝是我们学校毕业的啊!"另一个高点儿的从椅子上跳下来,从最后排课桌上翻自己的书包,"手机呢?本子呢,疯了,疯了,疯了,"翻出来个本子的手都激动得哆嗦,"师、师兄,给我们签个名吧。"他还没回答,就被女孩紧紧攥住了手臂:"还有,还有,给我们班也留句话吧!"

期盼的,激动的,还有怕被拒绝的眼神。

检边林仍旧没作声,探手,在粉笔槽里摸出了半截白粉笔。

粉笔的质感,让他想到曾经替九班写黑板报的那些日子。那时候还没有暧昧不明的传闻,她也不会躲开他,万事都求着他。

比如,在后黑板抄写名言警句。

检边林想到她已经跑走很久了,仓促在黑板的最下端留了句话:

Only after climbing to the top of the mountain, can you see the beautiful scenery of the peak.

然后他放下粉笔,匆匆离开教室。

北京 ➤ 海南

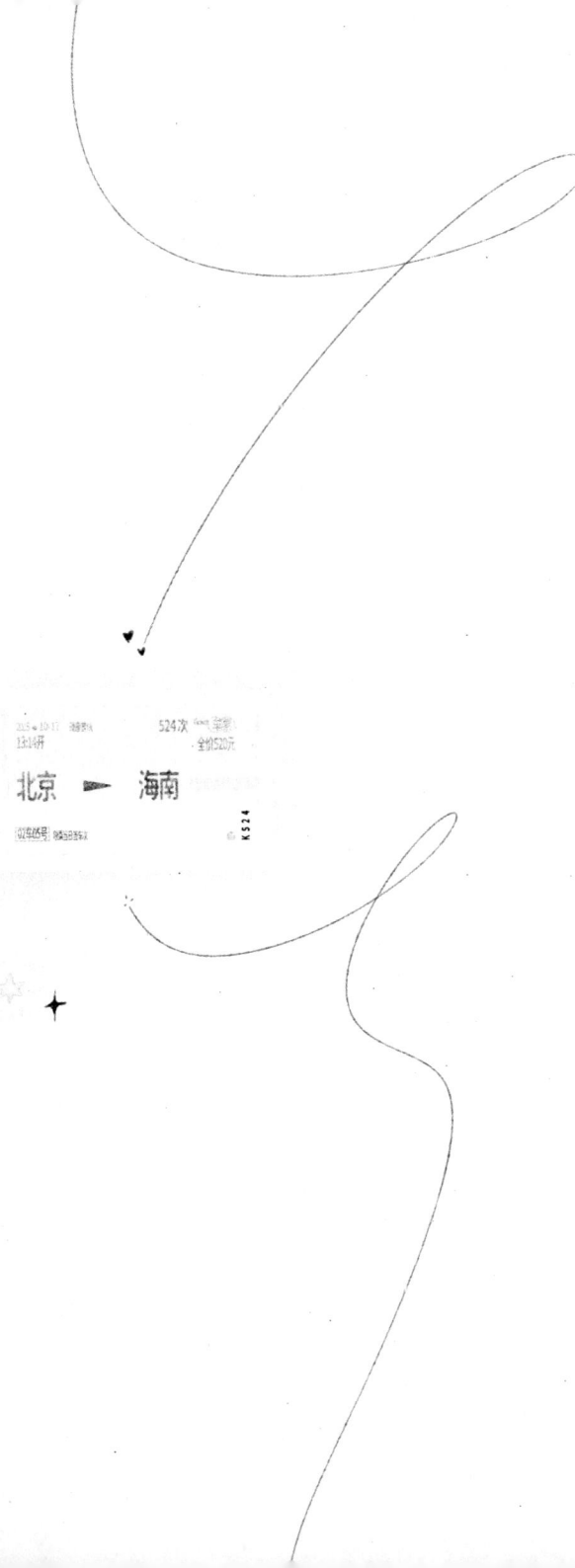

chapter.03

你共我

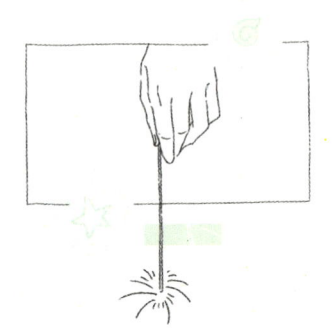

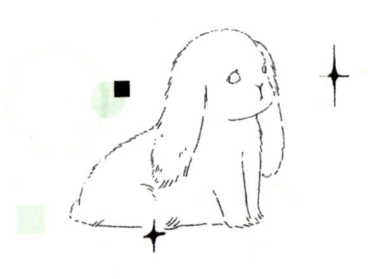

走廊里已经没有了学生。

检边林快步走出教学楼，身后，突然有人有些犹豫地喊他："检边林？"是个男人的声音。

检边林慢走两步后，停了下来。身后抱着书本教案的男人神情微妙，略带荒唐感地叹了口气："真是你。"

这一刻，不管是检边林，还是身后这个优秀的高三数学老师都有些恍惚。好像那年冬天的事，还是昨天才发生的，恍然已过去九年。

初见溜达着绕了两个圈，妈妈来了电话，告诉初见赶紧回家，去帮检叔叔收两个大件的快递，顺便喂狗。

说是检边林的电话没人接。

初见拦了辆车赶紧回家，气喘吁吁跑上四层楼，看到跑步机和四箱水果就傻了。从家里冰箱上拿了检家的钥匙，开门，指挥着送货人把东西堆去阳台。

等人都离开，初见把地板上的脚印和纸箱子带来的灰都擦干净，晾好抹布，经过卧室又看到了那张合照。

她和检边林从小到大的合照太多了，但这张是两人学生时代的最后一张。从那年元旦联欢晚会后到留下这张合影的这天，两个人差不多有半年没说过半句话。

那年元旦晚会难得下了雪，她被班里男生神秘兮兮地叫到楼下车棚，整幢教学楼的热闹，那个隔壁班一直和她在食堂、篮球场偶遇的男生，站在一排自行车的尽头。

当时对方在低声说的时候，自己紧张得不停去抹掉身旁一辆自行车尾座上厚重的积雪，蓦然就被拉住了手。"那就试试……吧。"她是这么回答的。

可这场刚萌芽的交往还不到三天，检边林就在放学时间，当着全校各个年级人的面，狠狠揍了那个男生一顿。晚自习下课，学生如潮，或走着，或是推着自行车，都围在车棚旁，看这场突然爆发的冲突。初见在旁边都吓傻了，怎么拦都拦不住，眼看着满地的血，她怕出大事，最后冲到班里拿水桶接了半桶冷水，慌张跑来，泼向摇晃着站起身，还要扑上去的检边林。

他当时一身冰水回看自己的那种眼神，她记得很清楚。

很可怕。

恶性的校园斗殴，对方伤势不轻，骨折在所难免，还做了多处检查，处理起来也很麻烦。一方面，检边林是重点班班长，又是成绩最好的学生，老师们都想大事化小；一方面，对方家长不依不饶，不肯要赔偿，只要学校严厉处分。

那几天她都生活在黑暗里，对那个男生的内疚，年级里风言风语，爸妈长吁短叹，检叔叔的焦急。最后，初见偷偷跑去男生住的医院，哭着道歉，为自己给对方惹去的身体伤害道歉，还为了男生能帮她求情，能退一步，让检家度过这个坎。

不知道是不是她的求情起了作用，还是老师们力保，最后事情大事化小。到最后,那场元旦的暴力事件,两家都不知道是因为什么,当事的三个人谁都没对校方和家长们说实话。

可各种传闻仍伴随她整个高三,她被排挤到没有朋友。

那是她学生时代最黑暗的半年,后来她去了很远的海南,和在北京读书的检边林天各一方。

上大学后,检边林经常坐很久的火车去海南看她,她都会躲得远远的。虽然也会心疼他从北到南跑那么远来,可还是怕他,怕他再做出什么让人害怕的事。

直到大二的春节,她回到家,妈妈说检哥哥和女孩异地恋,失恋了,一蹶不振,整天在社会上混,像变了一个人。爸妈都让初见去对门劝劝,她犹豫整整两天,找了各种借口避开。

可当在楼下遇到憔悴的检叔叔,她还是心软了。大学一年半,长大了很多,她想,高中的荒唐事可以过去了。

那个春节,她敲开他卧室的门,看到坐在窗台上睡着的人,想退出去,他却倏然惊醒。

他不过是睁开眼的细微动作,她就吓得连退两步。

......

那天后,这么多年,检边林再没表达过对她的感情。

他成绩渐渐恢复正轨,奖学金全是 A 等。大学又组个乐队,被唱片公司签下,又在唱片市场不景气时被经纪人推荐去做演员,加上他自己确实有偶像潜质,在这行走得越来越顺遂。

再加上初见自己在创业,两人也没那么多时间见面。

初高中的事,再荒唐,也都过去那么久了。

就连十几天前她都还挺乐观,想着说不定他感情早就飘忽走了,哪天会绯闻闪婚——

可兜兜转转这么久,又彻底绕回了原点。

身后有人开了防盗门,紧接着,脚步声临近。

初见轻呼出一口气,不要刺激他,初见,这是人生一个大坎。检叔叔刚好,他又要手术,不要刺激他。

检边林倚靠在门框上,视线越过她,也在看着那张合照。

"我来帮检叔叔收东西,"初见语气轻松,当作刚才什么都没发生,"那个跑步机是不是你买的?这种老房子隔音差不能用,整幢楼都能听到跑步的声音。"

检边林沉默着,没听见一样。

其实他知道她为什么来,刚才特地打了电话给她妈妈。

"等我把水果都放冰箱再回医院,"她想了想,"可能放不下,一会儿我搬点去放我家冰箱,再装点去医院。"

检边林眼里仍旧是淡漠,什么也不表示。

"可我不太会喂狗,它喜欢吃什么?"

初见本打算绕过他,刚错了身,就被他挡住。她心有余悸,立刻躲开,"咚"的一声巨响,后脑勺狠狠撞上另一侧门框。

……

整个世界安静了。

大白狗听到声音马上吐着舌头奔过来,绕着两个人舔来舔去。

……

"疼吗?"他低头,摸到她脑后,打破了从进门就开始的僵局。

何止是疼,眼泪都出来了,撞得太狠,一股脑儿把刚才心里的闷气又顶出来:"刚才你问我——"

"是气话。"他打断她,搓了搓手心,感觉有些热度后,想再去按住她被撞的地方。

被她躲开了。

要不是刚才突然那么一下子把她磕得犯蒙,估计也会躲开。

"检边林。"她郑重其事。

她一定不知道,她每次想和他认真谈事情,都要先叫他的名字。

检边林垂了眼,看初见的脸,还有她那颗换牙时舔歪的小虎牙。她小时候总说丑,还没事用手往回按,拼命按,睡觉也按,但毫无作用。其实,检边林最喜欢的就是这颗虎牙。

"你刚才问我——"

"当我没问过。"检边林皱眉,再次截断她的话。

他探身,单臂捞起那只还在不停哈气的白色大牧羊犬,离开房间。

他不想谈,也不想听。

刚才是想逼她,想借着父亲和自己接连的事,让她能心软答应试一试做女朋友,但事与愿违。

可也幸好,她的同情心再次救了两人的关系,她终究不忍心在这时候说是普通朋友。

"我以为大二那年,我们谈过就好了,"初见追出来,"可如果你还想再谈一次,等你手术过后好不好?我不想在这时候影响你。"

他沉默了几秒,按下冰冷的金属扶手,抱着狗走了。

撞上门了,他才隔着铁皮交代了句:"我下楼给狗买点东西。"

初见再次被他一口气堵在心里，闷闷地把箱子里的水果都拿出来，挨个码放在冰箱里，最后那些猕猴桃也都放回了自己家。

等不到检边林，就锁门下楼，看到他独自坐在楼下的小亭子里，拿着几串早就凉了的羊肉串，安静地喂狗。

不知道是不是因为从帽子到运动鞋都是纯黑色，显得他整个人在风里特别单薄。

可仔细看，还是比在澳门时清瘦了。

后来的十几天，检爸恢复得很好。

医生检查时也说幸亏老大爷过去干活卖力，身体素质好。"要不是这次出事，我敢说，你爸身体素质都比你好。"

医生走后，两个人继续隔着床，陪检爸看电视。

检边林他爸很不喜欢戴眼镜，耳背，又不太看得清字幕。所以初见的主要任务是遇到他没听清，又看不清字幕的地方，解释给他听。

中途检边林离开，午夜新闻，开始报道入境海南的台风。

狂风暴雨肆虐下的街景成功引导出了新的话题："听说海南的炭烤生蚝和红口螺不错？""嗯……"初见攥着几瓣柚子，一点点抽去橘络，"红口螺好吃，粗盐炒也行，蘸酱油也行。"

提起海鲜，她是真想回去母校走走。

"你知道我怎么这么清楚？"检爸压低声音，"我那时候还以为自己要有个海南儿媳妇，特地研究了海南特产。"

"……"初见点点头，把原本要给检爸吃的柚子，毫无知觉塞进自己嘴里。

检边林大学时被检爸从行李袋里翻出过不少北京往返海南的车票，就是那时，他说自己女朋友在海南……又是一个小谎言。虽然并不伤害任何人，可是在她和他之间积累了太多这种东西，越垒越高，无形中，就连这种日常闲聊都处处有陷阱。

检爸时而惆怅，时而心酸，絮絮叨叨说起了当年诸多事，正是到情绪最高潮时，检边林好巧不巧迈进门槛。

活靶子出现，检爸怎么肯放过，恨声叫了句"衰仔"，又开始从他的衣服数落起来，最后完美过渡到海南的那个女朋友，当年有多耽误他，幸好初见劝他回了头。

检边林用手背压了压前额，合上眼，显然很排斥这个话题。

然而这些落在检爸眼里，就是无声的反抗。

于是，教训得更厉害了。初见把手里所有的柚子都剥得光溜溜的，再没有下手的地方……只能又塞到自己嘴里，囫囵吞下，让自己起码有点事情做。

"爸，我明天就要回北京，"检边林自动忽略了训话，"我刚才联系好了人和车，就是要麻烦初见帮你办下周一的出院手续。"

明天？这么紧张的行程回去。是为了手术？

"有什么急事吗？"检爸一听儿子要走，气焰全熄，恢复可怜巴巴一个孤独老头状，"我还说出院了，给你炒两个菜。"

"忙，"他言简意赅，"等我忙完接你去北京。"

"哦，哦，你可要注意身体。"检爸满脸不舍。

这天晚上，初见在自己家的小床上破天荒地失眠了，翻来覆去都在想，究竟该不该管？还是就这么不管了？最后也没得出什么结果。

他走后,初见在杭州多留了半个月。

每天的任务就是在白天爸妈去工作时,陪着检爸,给他解闷。从医院到家里,在小院,还有推着检爸去超市,常能碰到老邻居老熟人。好多人羡慕检爸能有这么孝顺的"干女儿"照顾,明着暗着,都在开玩笑,说让干女儿变亲媳妇算了。

检爸乐呵呵的,一个劲儿说衰仔配不上。

然而在所有人听着,这都是客套话。

毕竟检边林是名校毕业,又是大明星,怎么都比初见这个名不见经传的学校毕业的小创业者条件好得多。

在确认检爸复查没事后,初见直接回了上海。

检边林的事她不敢多问,就嘱咐了童菲,要是知道了他要做手术了告诉她。在杭州也叮嘱,回了上海又确认,童菲都说检边林的工作已经排到了后年,一天赶四五个通告,完全没有手术的意思。

到最后童菲也没再当回事:"说不定误诊,或者复查又没事了。"

她不太安心,可又觉得不该再问,也就压在了心里。

到十一月初,童菲陪自己签的艺人来上海做活动,住在浦东,约初见来私会。

初见这天正好空闲,搭了供应商的车去了酒店,下了车,开车的人还好心探头问句:"半小时后,我回浦西,要带你回去吗?"人家问的时候,初见听到身后有人在敲玻璃,叫自己,是谢斌,她交代句不会那么快回去,就匆匆进了大堂。

谢斌将才抽了两口的香烟按灭,拿没夹烟的那只手去接初见手里拎着的纸袋:"那谁啊?"

"供应商。"

"哦，未婚还是已婚啊？还是离异？"

"不知道，"初见被问得郁郁的，"我就见过他两次。"

谢斌"啊"了声，笑了："你来找检边林啊？"

"不是，"初见躲开，可还是被谢斌拿走了袋子，莫名其妙看他，"我来找童菲。"

"哦对，童菲也来了。"谢斌显然是故意的，这个酒店好几层都被主办方包了，为今天的时尚晚宴做准备，他能在名单上看到童菲带的艺人名字，怎么会不知道经纪人也来了？

然而知道又如何。谢斌不由分说揽住初见的肩，将她往电梯那里带："反正你没门卡，她也要下来接你。还不如我直接带你上去。"

做经纪人的哪个不是左右逢源，人鬼能搭？

初见完全招架不住谢斌比亲人还亲的笑脸，童菲更乐得和这位前辈中的前辈打好关系，于是两个死党准备私会闲聊的午后，就变成，她一个人窝在沙发里听两个人天南海北的八卦。

内容从酒店怎么送来的果汁不是鲜榨的一定要投诉，过渡到无数个项目演员荒，大家都不怕没钱没投资怕的是死磕也磕不到演员，然后到现在演员都是自己拿着项目……

"我没在名单上看见检边林啊，"童菲终于想起来，面前这个人按理不该出现在上海，"你怎么来了？"

"能撑场的电影咖太少，主办方临时让我们救场，"谢斌心疼摇头，"正好他这几天都在上海拍夜戏。"

"哦，"童菲余光看初见，"他的手术不做了吗？"

谢斌看初见："你不知道吗？"

"……不知道。"她嘟囔。

"他那个吧,有点复杂,"谢斌琢磨着,"可做可不做,但谁都不知道不做的后果有多严重。"

没听懂,初见不太听得懂。

"他经常性腹痛,你和他回去杭州,没发现?"

……完全没发现过。

"什么检查都做了,你能想到的任何检查,就是不能确诊,"谢斌继续解释这个疑难杂症,"医生的建议是,直接开腹,边手术边找。当然,我说得可能不专业,反正大体就是这个治疗方案。"

"……"

"原本他同意了,从杭州回来就不同意了。按理说,咱俩没熟到这个地步,可我真担心他,就厚着脸皮问句:你们在杭州是不是闹什么不高兴了?"

寂静。

"人命关天,初见,"谢斌盯着她,"人命关天。"

童菲被这种让人不太好受的安静弄得四处看,就差指着窗外说句"欸?有飞机欸"。可这是黄浦江沿岸,不临着浦东机场,鸟飞机都没有……老半天过去,童菲终于清了清喉咙打圆场:"初见……"

"是不是你故意约我来的?"初见看童菲。

"是,我坦白。"童菲缴械投降。

初见看着在楼下还假装偶遇自己的谢斌,还有和他唱双簧的童菲,早就没心情计较是不是被骗过来的了。她刚才的沉默,纯粹是被病情复杂程度震惊了:"你们……活动几点开始?"

"晚上六点,三点开始化妆,"童菲抢着说,"现在刚十二点二十分,还早得很。"

"我方便去看他吗?"初见征询看谢斌。

"当然,当然,"谢斌求之不得,"我有门卡,现在就带你过去。"

天晓得谢斌绕了这么大的圈,为的就是把她带到检边林身边。

房间就在同层,一分钟都不到,她就跟着谢斌走到了他的房门外。

谢斌进去时,检边林刚把衬衫扣子都解开,衣服褪到半截,看到进来的两个人,随手就把衬衫重新穿上,背对门把纽扣系好。

因为阴天,室内原本就不亮堂,他还拉上了窗帘,更暗了。

阴暗的环境,更凸显安静。

"楼下碰到的,初见就说来看看你。"谢斌面不改色,拿了衣架上挂着的整套西装,念叨着怎么还有褶,不行,还要再熨熨。

说完,看两个人僵着,他又嘀咕了句:"既然是来救场,也不用太急。四点开始准备也行,你们聊啊,我先走了。"

检边林本来话就少,从杭州离开就一直没联系,初见也不知道说什么才能让一切顺利自然地过渡到他的身体问题。

谢斌再这么一走,更是难开场了。

犹豫了好久,还是她先开了口,和手术无关,纯粹是作为缓解气氛的开场:"你昨晚是夜戏?"

他不答反问:"找我有事?"

"嗯。"

检边林皱了皱眉,她能主动来找自己,这二十几年也就那么寥寥几次,一定是谢斌的"功劳"。他按照谢斌的思维,约莫猜到谢斌说的内容:"谢斌是不是和你说,我从杭州回来就硬撑着,不肯手术?"

"……"

"不管他说了什么,都是在误导你。最近这部戏的导演我从十几岁就喜欢,合作机会难得,哪怕是客串我也不想放过去,所以才提前从杭州走。这就是推迟手术的原因，谢斌很清楚，但他肯定没告诉你。我的病，疼是疼，吃止痛药也能忍，再拍半个月戏就杀青了，病房也早就订好了，一切都会顺利解决。听懂了吗？"

他难得说这么多话，倒是把初见彻底弄蒙了。

从童菲的1502走到他的1528，一路脑子都乱糟糟的，反复在想，如果他真是因为在杭州的争执不肯手术怎么办？任何场景她都设想好了，可唯独这种情况她没想到：是谢斌骗她来的。

"哦，"她除了哦，真不知道说什么，能让自己不尴尬了，"那，医生说手术会有危险吗？"

虽不太舒服，可也没忘记重点在于他这个手术听着就让人担心。开腹找痛因，找到了还能对症治疗，找不到怎么办？或者要是找到了原因，结果很不好怎么办？

各种问题层层叠叠涌出来。

可初见等了半晌，也没等到一句简单的回答。

检边林看着还穿着长及膝盖的黑白格羊绒外套的女人，在想，如果告诉她"很危险"会怎么样，如果是"不危险"又会怎么样？

……走廊里，有人在敲门，问谢斌在不在。

检边林："不在。"

"好嘞。"

初见缓了口气："你要不方便说，就好好休息吧，别太累。"

她觉得气氛太不好，怕又起什么争执，自觉撤退，开门。可刚拉开条缝，身后的男人就几步跨过来，一使劲，把门给重新撞上了："我刚才……在骗你。"

走廊上，谢斌拎着衣服，险些被撞上的门夹到手。

他被唬得后退两步，瞄了眼跟着自己，仍旧低着头，用三个手机不停聊微信的童菲，轻声问："这两个到底有没有戏？"

童菲琢磨了会儿，悄声回："我家这个是真把你家那个当亲人，可这也是基础啊，近水楼台。可你家那位呢太强势了，就会强迫不准交男朋友，强迫吃饭，强迫见面，我家这个又不是天生受虐狂……你多给他接点爱情片，说不定能好点。"

"他讨厌吻戏，你让我怎么接爱情片？就算接人鬼恋都要吻戏。"

"……"

谢斌又嘀咕："我能出钱让她临时陪着检边林吗？"

童菲："滚吧，过分了啊。"

谢斌："就是陪着，让检边林过了这个坎。不过你家那个心太狠，半点儿回旋余地都没有，这是非常时期啊。"

童菲耳语："我深表同情，但任何人都是独立个体。看缘分。"

童菲说完又觉得不对，凭什么要说初见不对。

她又凑过去耳语："我家那个心才不狠，我哭了一个晚上，她就卖了房子给我两百万开工作室，她是典型的吃软不吃硬好吗？"

谢斌苦笑摇头："可检边林这个人，让他求人比让他死还难。"

"这就叫天生不是一对。"

"斌哥！"

刚才来找谢斌的人又兜回来："快，主办方问你呢，让应辰和检边林一起走红毯行不行？"

谢斌不太耐烦："太怪了吧，两个男人一起走红毯？我一会儿给他们电话再说。"

063

初见缩回了手,原来谢斌在门外。

隔着道门,刚才隐约能听到外边人有男女交谈的声音,听不清楚。被那人这么喊出来,她知道了,估计外边说话的男女就是谢斌和童菲。她回头,想说,不要说话,往里站站。隔着门就有人,万一被外边的人听到会很尴尬。

仿佛配合她的想法,门外又有人叫了声斌哥。

谢斌再次被人暴露了行踪,有些恼:"别叫了,我这就去。"

……

"初见。"检边林叫她的名字。

检边林很少叫她名字,特别少,她都忘了上次是什么时候的事了。

她仍旧握着金属扶手,空调吹风口呲呲冒着暖风,明明离得很远,却像是暖转冷,从她领口袖口,每个能透风的地方吹进来,吹得她周身凉飕飕的:"没关系,你现在说什么,我都不会放在心上。"

她怕他,怕他情绪太大,又吵架。

"我确实在骗你。"

"……没关系。"

检边林察觉到她紧绷的情绪,不敢碰她。

"过去很多事都是我错了,"他右手掌心按在门上,额头压到自己的手背上,语气是从未有过地低迷,"这次也是我的错,对不起。我就是想一直不手术让事情变得更严重,让你内疚,心软,让你能陪着我。我知道自己早就答应过你,给我点时间,我能自己调节,可我试过了,真的做不到。从五岁开始我们就在一起,你和我爸,我就只有你们两个人最亲,你们两个谁离开我都接受不了……"

心被什么一把抓住。

她甚至，连喘气都不敢了，只是傻看他。

这真是他吗？认识二十二年了，他从没这样过。我"接受不了"，或者是"对不起"，这种话从来没有，哪怕闯了那么大的祸，哪怕在他最颓废的时候也没有说过。他这个人从不服软。

"我接受不了，初见，对不起……"

检边林亲手替她打开了门。

从门被拉开一条缝隙到彻底敞开这短短的时间里，她心软得不行。

可憋了半天，还是一个字没说。

检边林没办法送她回去，连送她走出门都不行。

虽然这个酒店没有门卡就上不来，但还是随时有被拍到的危险。

初见独自离开，站在电梯间，看到几个有说有笑的酒店工作人员，在低声议论着今天来了多少明星，是为了什么时尚活动，还纷纷低声交流着，谁真人好看，有什么差别，穿没穿内增高之类……

等到酒店大堂，初见才想起来没和童菲说一声就走了。

酒店大堂里很多办理手续的，还能看到外边有些学生样子的人在守着，肯定是等着上边的演员明星们。玻璃门被推开，风忽地一下吹进来，透心凉，她手撑着那片厚重的玻璃，推开，走出去。

手机在口袋里振动，掏出来，是检边林。

她怔了一怔。

外边两个人想进来，被她挡着，低声说小姐让一让。初见回答对不起，蒙蒙地让开，横着挪了两步到玻璃外墙前。接听。

电话里有水流声，像在洗手间，还是浴室，他静默着不说话。

初见怕风灌得太猛，模糊了她的话音，转身面对玻璃外墙，轻声劝他:"你先好好休息吧,晚上还有活动……"

"让我试试,最后试一次,"水流声消失,清晰地听到他的呼吸声,那声音甚至比说话声都要大一些,有些乱,还很压抑,一下下地从手机里传出来,"如果不行,我就死心。"

她忘了要捂住电话,风刺啦啦地灌入听筒,那边也在等待。

这一刻,她像重新回到初中时的那个光线不明的楼道,站在两级台阶上,鼓起勇气对着还在锁车的检边林说,其实我真的不喜欢你……所有内疚都是从那天开始,从他一言不发盯着自己没有任何反驳开始,她就觉得欠了他什么。

这么多年什么方法都试过了,拒绝,逃避,淡化,疏远,给时间冷静,再拒绝,全都没有用。

就像他说的,不试试,一辈子都会是个死结。

"如果不行——"

"如果不行,我就死心。"他的呼吸声越来越压抑,压得她也像要窒息了一样。

初见顿了好久:"我……想想。"

电话挂断。她原本想要叫车,可脑子太乱。

就一路从世博园走到黄浦江沿岸,滨江大道。

中途还和妈妈打了个电话,电话接通时,那边老妈在骂爸爸买来了特别老的青菜。

初见听了足足三分钟关于如何辨别茼蒿菜后,装作不经意地问:"你是怎么嫁给老爸的啊,他那么笨。就靠着真爱吗?""真爱?谁和他真爱啊,我就见了他三次,他每次还都带着侄子来约会,从头到尾都是我说话啊,你爸就夸了我一句你眼睛真好看,和牛眼似的,还说他相亲七次了都失败,如果我也不要他他就不结婚了,"老妈笑得可欢快,"我那时候就想着,完了,我要是不要他他还不自杀啊,就咬咬牙同意了。"

妈妈念叨,你们年轻人是不懂,那个年代的人思想都可简单了。

初见含糊了几句,挂断电话。

她走到脚都要疼死了,拦了辆出租车回自己住的小区门口,常去的那间海鲜店今日休息。她敲开门,店主阿姨看是她,就放进来了。

直接给她弄了常吃的大杂烩,各种海螺、贝壳、生蚝。

"你哥哥呢?"店主阿姨把半杯放了青梅的梅子酒放在她手边。

她答:"在浦东做活动。"

店主阿姨继续忙活去了。

还是去年,检边林来上海看她,她在北京勘店址,就给她在这里订了海鲜外卖,等她深夜回来,被店主阿姨拉进店里吃了一大顿。那时候,他说自己是初见的哥哥,估计是怕有人爆料吧。

初见继续吃那堆红口螺。

一个个空螺壳胡乱摊在姜黄色的木桌上,也不说话,吃得很卖力。她强迫自己,一定要在吃完这些东西后做个决定。

……

这个时间,检边林还在走红毯。

没什么变化。

检边林这晚依旧神色如常走红毯,同走的女星仍然挽不到他的手臂,他依旧尽职尽责接受采访,仍然是话少得可怜,他在进入会场前仍旧会配合媒体配合镜头,仍然是不太爱笑……

总之,没什么特别变化。

就是,当他坐在第二排正中的椅子上,和上部戏合作过的男演员闲聊时,随手把携带的一根深蓝色水笔慢慢拆开,满手的笔帽、笔头、笔芯、笔杆和笔尾。

拆完,掂量掂量,又装上……

今晚参加活动的这些人里,有不少都是歌手出身,但像他这种乐队主唱出身最后转为电影演员的人还是少。又因为要直播,自然是当红的小生容易被拎起来,助兴。

主办方和谢斌早就有商量,要有检边林的节目,网络直播和宣传,都要截取视频上传……

曲目原本是国语歌,他参演电影的主题曲,检边林走完红毯临时变更成了粤语的《月半小夜曲》。

麦克风被递到检边林面前,检边林手里的笔被第三十七次拆得支离破碎。他站在后台,趁着工作人员帮他戴上耳机时,把那一堆零碎东西揣进西服裤子口袋里。

工作人员奇怪地看了他一眼,点点头,示意准备好了。

舞台追光不是随着他的,而是随着乐队和钢琴伴奏,这让他不会太不自然。缓慢轻哼,直到高潮歌词才渐清晰:"从未意会要分手,但我的心每分每刻仍然被她占有……我的牵挂,我的渴望,直至以后。"[1]

……

---

[1] 歌词来自《月半小夜曲》。

不营业的海鲜店里。

初见坐在榻榻米上，低头，一点点用牙签，仍旧在认真对待白色瓷盘里最后一个红口螺。

最后一个了。

螺肉太紧，努力了很多次都挑不出来。

太用力，牙签猝不及防在手心里断成两截。

她呆了呆，一瞬间想到了很多，想到谢斌严肃地说起他的复杂病情，想到检边林手压着门低声说的那些对不起，还有他最后在电话里近乎恳求的"让我试试，最后试一次，如果不行，我就死心"……

初见放下最后一个螺壳。

她摸到桌角的餐巾纸盒，抽出好多张，擦干净每根手指。

手机里，和他的微信对话框里，最后一条仍旧是他在杭州发的"抱歉"两个字。

初见屏着一口气拼出了好多话，删删改改，改改删删。

心剧烈跳动着，嗓子也紧得发涩，她鼓了好几次勇气，终于发过去了一个字：好。

初见发完，心有些飘，不踏实。

索性就拿着手机，玩连连看让自己分神。

这么个夜晚，榻榻米上的她玩手机，隔间外的老阿姨边准备明天的东西，边看电视。

就这么消磨打发着时间。

等玩得拇指发酸，她关掉游戏窗口，看看时间，不早了："阿姨，收螺壳的盘子放哪儿了？"

很快，一个淡蓝的塑料盘被放在桌上。

……

全世界都安静了。

外头的电视机里还在放着午夜新闻，说着上海某个街道出现了什么追尾事故，她满耳朵都是这些，仰着头，看那个完全遮住了黄色小壁灯光线的人：你不是……在活动吗？

她手心里还有个空螺壳，没留神就攥紧了，扎得她一个激灵，丢到桌上。面前的男人把用来遮挡脸的帽子摘下来，丢在一旁，单膝跪在榻榻米上，利索地给她收拾吃了满桌子的垃圾。

初见伸手帮忙也不是，不伸手也不是。

那一个"好"字，她可是想了足足一个下午加晚上，心理准备还没做足，他怎么就来了？今晚不是有活动吗？这种时尚晚宴不应该晚宴后再来个声色犬马的午夜酒会，大家一起坐在高背沙发里感慨一下演员资源缺乏各个剧组解散的解散延期的延期，顺便互相表达一下对明后年工作规划和剧王的期待票房的预测……

他怎么就在这儿，收拾垃圾呢？

所以"好"之后呢？今晚就要约会吗……初见一张张抽纸巾，抽了七八张，从手指擦到嘴，再到手，算是在他收拾东西的时候给自己找了点事情做。

到最后，检边林收拾完，也斜靠着，半个身子坐在榻榻米上。手碰到了自己裤子口袋，发觉那被拆解的支离破碎的笔，默不作声掏出来，重新，一点点装好。

静静的，没有任何声响。装好，放在桌上。

初见在暖黄色的壁灯灯光下，瞥了眼。这笔她认识。她嘴唇上还有吃红口螺蘸的芥末酱油味，有点窘，无意识地舔了舔下唇。

检边林看她的小动作："你吃这些，胃不难受？"

她嘀咕："习惯了。"

"家里有能吃的东西吗？"

她摇头。

检边林走出去，熟门熟路地和阿姨聊了两句，丢下一句话，让初见继续看电视等着自己。晚间新闻结束的声音响起，他也走出来。

一碗热腾腾的蛤蜊蒸蛋，冒着热气被放在初见面前。

"吃完它。"陶瓷勺子滑进碗里。

"你还会做这个？"初见惊讶。

"你喜欢吃的，我都会做。"

"……"

阿姨听了倒是开始乐呵呵表扬，说这做哥哥的不错。

新闻正切换到某个综艺节目的重播，热闹的，胡闹的，各种明星被拉到上边汗流浃背地爬山……初见拿起勺子指着电视机屏幕想要缓和一下这种成几何倍递增的尴尬感："你会参加这种节目吗？"

没等检边林回答。

阿姨一拍大腿，立刻说："参加啊，一定要参加，我最喜欢看。"紧接着开始说，"你哥哥要是参加了，我天天给客人说这个明星在我这里做过蛤蜊蒸蛋……"

071

检边林在阿姨热情的絮叨里，盯着电视屏幕看了足足十秒："你经常看这类节目？"

"没，没……我不是经常看。"只是在找聊天的话题。

初见郁郁地低头，吃着蛤蜊，嘴唇一点点把蛤蜊肉抿出来，再把贝壳干干净净地吐到桌上。啪的一个，啪的又一个，贝壳很有规律地被吐到桌子上。

检边林就看着她吃。

直播节目结束，他就把谢斌的车开走了，有点超速，路又意外不堵，总之，所有都像注定的。他用最快的时间到了楼下，收到那个"好"，却发现自己根本不知道她是否回家了。

门口的这家海鲜店，他经常会给她订外卖。

本想着坐在这里等等，就看到了她。

初见吃得差不多，才想起来，好像他还没吃？

她"嗯"了声，想问。

"吃过了，"检边林默了一下，补了两个字，"不饿。"

"噢。"她低头，用勺子捞着所剩无几的蛋羹。思前想后地琢磨着，他究竟想……怎么试，难道今晚就要住在这里吗？

"我今晚夜航飞香港。"

"真的？"初见嘴角上扬。

……

检边林转着自己手里的帽子，轻摇摇头，笑得有点无奈。

看她听到自己要走时的欢欣雀跃小表情……

算了，慢慢来。

两人离开这家店前，结账时，初见和他还同时摸出了钱包。又在他的目光下，默默地收了回去。阿姨找了零钱，顺便神秘兮兮地对检边林说自己一定会守口如瓶，不会说大明星就住在这个小区……

在如此热情的老阿姨店里离开，走进小区，上了楼。

走出电梯。

左边，是初见的家，右边，是检边林的家。

初见开口："我们去哪个家——"

同一时间，检边林也说："我一直觉得这里不安全——"

……两人互相对视一眼。

初见："什么不安全？"

检边林："去你家？"

……又是同时。

检边林心情很不错，出乎意料地又笑了，轻抬下巴颏："你先说。"

"我说完了……你说吧。"

"这里只有两户，我平时又不在，如果这里藏了什么人上来，你想要呼救都很难。"

应该没这么吓人吧？初见看看四周。

"等我从香港回来重新看房，要找那种刷卡能住的一层一户。"

"哦。"她点点头，又立刻"啊？"了声。

不对，为什么是一层一户？

她这种草木皆兵的表情，检边林早就习惯了："我们可以租楼上楼下两户。"

就这么一惊一乍地进了初见家门，大冷天的她生生憋出了一额头的汗,刘海儿软趴趴地分开来,露出眉尾的一个小伤疤,淡淡的,不仔细看都辨不出。

检边林垂眼,盯着那个小伤疤。

这是她大学时上体育课被同学不小心撞伤的,大一的时候,他不知道。她人生那么多年里,唯独大一到大二上半年对检边林来说是空白期。什么都不知道,开心还是伤心,考那么远会不会想家,零花钱够不够花,会不会有……暗恋的人。

这些他全不知道。

尤其是受了伤,留了疤,一看就是处理得不好。她小时候就喜欢爬树跳坑,摔跤是常事,都是他学着给她处理,才让她皮肤完好。如果当时,自己在她身边,眉角的疤根本不可能留下来。

如果,自己能不那么冲动……

或许早就在一起了。

初见被他刚才唬得有些心里毛毛的,正趴在猫眼上看走廊角落里有没有人影,察觉他没动,一抬头。

检边林微微偏移了视线,手放上她的毛衣衣领,拇指指腹碰了碰她后脖颈。若有似无,好像还轻轻擦了一下。

初见几乎是屏了息,手扶在门上,身子半靠半悬着,半分不敢动。

"怎么出了这么多汗?"他声调莫名有些低。

"穿得多……"她被这种气氛搞得也不敢大声说话,"热。"

他的手指微微离开她的皮肤:"去换衣服。"

初见倏地清醒,慌乱地拉开鞋柜,指了指拖鞋:"你很熟的,自己换。"

说完就跑进了卧室。

等她反手关上门，腿都软了，背靠在门上有些蒙。

简直是无处不在的尴尬，这里倒像个避难所，暂时隔开了两个人。要是能突然有个电话叫走他就好了，她刚才想好，还没做好准备，就这么面对面，像男女朋友一样面对面……

光是想着"男女朋友"这个词，就够她辗转反侧十几天了。

门被从外侧叩响，声音从门板直接冲入耳内。

"我还没换好，等……"

"别开门，"检边林的声音先一步出现，"我想和你这么说话。"

初见"嗯"了声，也不清楚隔着个门，外边能不能听到。

门那边长久的沉默后，检边林也背靠上门："刚才开车一路过来，控制不住，就想在去香港前看看你。"

她手指无意识地在门板上滑动着，又"嗯"了声。

"我哪里做得你不喜欢，都直接告诉我，"他声音有些发涩，"我……性格不太好，没交过女朋友，没经验，这些你比谁都清楚。"

初见手指微微屈起，轻抠门。

从四岁就认识的人——

从幼儿园开始，到小学，初中，高中，看着他穿过各种尺寸校服，熟悉他眼镜度数递进的过程，还知道他什么时候做的近视手术。这么熟悉的一个男人，隔着门对自己说：我没交过女朋友，如果有做得不好的地方，你告诉我……

"初见？"

她嗓子有些发干，含糊着，只会"嗯"。

"我该走了。"

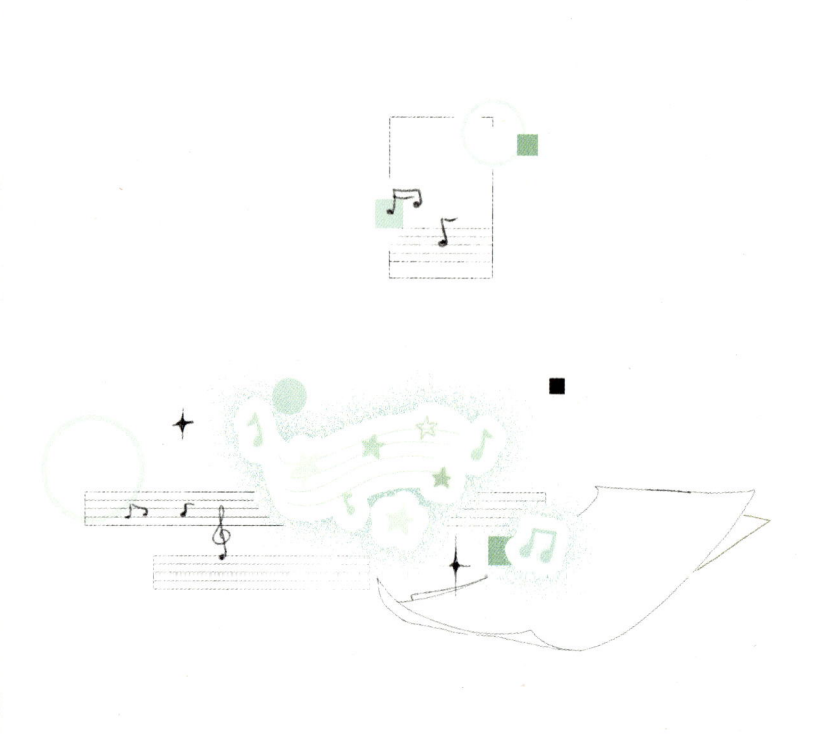

chapter.04

每一秒的等待

走了？这么快？

初见深呼吸，觉得自己应该开门了。对，开门。

于是阻挡两个人视线的障碍物就如此突然消失。检边林单臂撑在门边上，目光焦点一下子从木门上挂着的小懒熊换成了她，有点发怔。

"我……想起来还有包方便面，给你下碗面吃吧。"她憋了半天硬是憋出这么一句。

检边林单臂撑在门边上，想了想，点点头。在初见跑进厨房后给在楼道里的助理发了条短信，让他过来拿家门钥匙，先去对门蹲会儿。

于是初见在到处摸鸡蛋的时候，听到家门被打开，随口问："谁来了吗？"检边林到厨房门外，从眼神到表情都平淡无奇："没人。"

初见"哦"了声，继续手忙脚乱想要多找点东西能丢到锅里，结果是切了大半碗的香菜充当青菜。检边林趁着她做饭，溜达了一圈，把阳台上养着的盆栽都浇了点水，给初见爸爸养的一小缸子鱼喂了食，再绕回到厨房时，正看到她在一豆暖黄的光下，歪着头，努力把汤面从不锈钢小锅里倒出来，一滴汁水都不剩。

小时候，他还不会做菜，两家大人不在时就给她煮方便面。她

079

总会在旁边不停提出要求,加点儿午餐肉吧,再来点青菜,我把西红柿也给你洗了,哦,对,冰箱里还有鸡汤,最后一碗方便面能煮成路边摊上的麻辣烫。最后,临出锅了,她还会一个劲儿提醒,别倒在台子上,欸,你慢点、慢点,倒出来了……

面端出去,初见眼看着他把香菜叶都捞得一片不剩,都开始后悔怎么没盛小半碗自己尝尝,有这么好吃吗?

人走的时候,关于送还是不送,要送到门外,还是电梯口,还是楼下她都仔细思考了下。

最后还是拿上外套,送到楼下。

看着他走下两级台阶,她叫了声检边林,迈了两小步,站在最高一级台阶上和他平视:"你注意……注意安全啊。"

夜风……都静止了。

不远处小区保安还在到处跑着帮人调度车位,检边林助理早就开车绕过来,也不敢按喇叭催,隔着玻璃窗远远看着这里也不知道两人在耽误什么呢,晚上就这最后一班,再不走飞机都没了。

"你不走啊……"她两手揣在毛衣两侧口袋里,溜了视线,越过他去瞄谢斌那辆车。

检边林就这么一瞬不瞬看着她,约莫半分钟后隔着口罩含糊不清地低声交代了句:"走了。"

于是那天夜里,初见在床上第二次彻夜难眠,翻来覆去、覆去翻来,天蒙蒙亮困得眼皮都发酸了,也没缓过来。两个人这就算在一起了,而初次约会的内容就是各自为彼此温习了快餐厨艺……

没睡多久呢又蒙眬着从床上滚下来。

她想起来，他马上就要手术了，却还是这么忙，似乎很不妥。靠着床，徒手把身子下的长毛地毯快揪出一个窟窿了，估摸着检边林不一定方便，还是拨了谢斌的电话。那边拿起来第一句就是：检边林他女朋友你好，有事？

……

对着他以外的人，她还是能应对自如的，打了个愣就和没事人似的和谢斌确认检边林接下来的行程，还有病情。这次谢斌再没有什么故作玄虚，也没夸大或是隐瞒了，大概交代最近的工作行程，原来并没有检边林自己说的那么轻松，眼下已经离开香港，在澳门了。

要给上次电影补拍至少二十四天，再回来安排手术，开刀怎么也要一个月后了。谢斌顺便感慨下做艺人不容易，吃止痛片和吃 VC 似的："也不对，VC 也就一天两片……"等挂了电话，谢斌也觉得自己这经纪人做得不容易，简直是检边林半个妈。

检边林下午补拍，行程很紧，在机场就和要采访的记者会合，直接上了黑色保姆车就是采访。全程，他都忍着腹痛，耐心翻着采访提纲一个个尽量详细地回答问题，以便记者回去有足够的东西写稿。

保姆车绕过卖手信的步行街道，开到大三巴牌坊下。

检边林把采访提纲合上："辛苦你，如果还有什么问题需要补充，发给我的经纪人，我会让他整理文字版本给你。"

记者把录音笔收起来，笑着寒暄："多谢，多谢，真是理解我们工作。你可真是辛苦啊，从机场到这里这么短时间还要接受采访。工作真是排得满，私生活的时间都被挤没了。"

检边林点点头，示意告别后，戴上帽子直接跳下保姆车，带着两个助理和一个化妆师，直接上了炮台。

这一场本来就是夜戏，导演又是出了名的磨人要求高。

一场戏从天刚黑拍到了凌晨三点多。

最后，检边林连穿上外衣的动作都开始发虚……从腹部辐射出来的疼痛，连右手几根手指都开始微微发颤。谢斌觉得不对劲，在剧组收工时，让他倚着炮台的灰色砖墙休息。

导演察觉了，离开前特地问了问情况，检边林摆手，草草解释是吃坏了肚子。让剧组人赶紧收拾完，去休息，他过会儿就好。

是腹痛，不能坐着，咬了止痛片也不能立刻见效。

就这么倚着墙站了半个多小时，剧组人都走光了，止痛药也起了作用，他腿都有些软了，慢慢在助理的搀扶下，从陡高的石阶爬下来。

"检边林。"远处有人叫他的名字。

他几乎是打了个激灵，猛回头，不敢相信地看着远处。

初见从树下长椅上跳起来，跑向他。

因为太强烈的痛感，他身上都是被逼出来的冷汗，此时夜风吹着，额头不免一阵阵发紧，看到她跑近了，几乎是反射性地把帽子戴上，遮住了满额头的汗和浸湿的黑色短发。

"我一直不敢上去，怕你们还在拍戏。可刚才看见好多人都搬着东西下来了，你和谢斌都没下来，还以为你早就回去了呢，"初见边说着，边龇牙咧嘴苦笑，轻声补充，"腿麻了……让我先缓缓。"

检边林借着月光，看着她脸上因为腿麻而微妙变幻的表情，一字字地问："你来找我？"

"是啊……"要不然还能找谁，"我最近没什么事要做，就来照顾照顾你。"她不是个敷衍的人，既然答应了，该做的总要做到位。比如女朋友跟着照顾生病的男朋友，是应该的吧？

何况，她时间又比一般上班族自由："不过，看你今晚工作的强度和时间，估计也照顾不到什么。"

话音未落，她就被检边林拉起手腕。

初见微蹙眉："别动，等等，还没好……千万别动……"

检边林听她这么说，也没敢动，以一种诡异的僵硬姿势，半抬着手臂，扶着她。

过了半分钟，初见终于放松："好了，"她轻呼出口气，瞄瞄不远处的谢斌，"你每次夜戏都要拍到这个时间吗？普通人也受不了，何况你还是病人——"

他出声打断她："什么时候到的澳门？"

"大概，八点多吧？"她顺嘴回，又接着问，"谢斌都不帮你和导演说吗？有这么摧残病人的吗？"

检边林充耳不闻，仍看着她反问："等了多久？"

"……好多个小时吧。"她也没认真算过。

谢斌明明说是夜戏，估计到十点、十一点就能拍完。她也没怀疑，出了机场就直奔这里，坐在长椅上等了不知道多少个小时，除了中间给谢斌发个短信确认他们还在之外，就不敢打扰了。

她其实不太懂，经纪人在片场是可以自由活动的。只是单纯怕影响他们，于是就干等着，等到了现在。

八点多到澳门，最多九点就能坐在这里了。

昨晚九点到现在凌晨四点，七个小时，还是横跨着深夜在等。

如果不是渗过汗的皮肤被风吹起一阵阵凉意，他甚至会觉得这是在做梦。她的手腕都是凉的——

检边林的手顺着她的手腕滑下去,攥住初见的手,察觉到她的手指也是凉的。他蹙眉。

要尽快带她回酒店,冲个热水澡。

一定冻坏了。

初见还想抱怨那导演没人性,瞬间偃旗息鼓。

脑子有点,空。

她胡乱看远处一溜大门紧闭的店铺,小声说:"会被拍到……"

试图抽手,没成功。

检边林的声音几不可闻:这个时间,不会有人。

凌晨四点,记者也要睡觉。

这是个很合理的解释。

初见的手臂被他轻轻一带,很温柔的力度,让她跟着自己走。就这么静静牵着她,也没强迫,甚至手上的力道还松了些。

他越是这样,她越是不敢硬挣开,就这么半推半就地被他牵着手往前走,经过谢斌身旁,还听见那位大经纪人眯着眼说了句:"不好意思,刚看到你短信,早知道让你先回酒店了。"

"没事……在哪儿等都是等。"初见莫名心虚着嘀咕了声,没敢看这个诱导自己来澳门的人。

谢斌笑眯眯看着两人离开,继续抽烟。

脚下的石头颠簸硌脚。

不知道是不是错觉,似乎还能闻到这条街上猪肉脯和蛋挞的香味,虽然店铺大门紧闭。

她就这么一路被检边林牵着手走下斜坡……直到保姆车的侧门在寂静的夜里被"哗"地推开,她才如梦初醒,倏地抽回手。

他的眼睛在这么深的夜里,竟也黑亮得慑人:"上车。"

谢斌和检边林是在榕悦庄,没房间了,谢斌临时把房间让给了初见,自己去了附近的丽思卡尔顿。初见办理完入住手续,进到房间,客房服务员刚开始打扫。

检边林看了看里边乱糟糟的,还有烟味,低声叮嘱客服要除下味道,拎起初见的小行李箱,先把她带回了自己的房间。

进了他的房间,她就有些莫名的紧张,只能靠不停说话来缓解:"还好我上次回去,就再签了澳门,要不然都不能今晚就到。"检边林的衣服丢在床上,很多,还没来得及收拾,初见把衣架都拿来,给他一个个撑好,"你明天上午不用拍戏吧?"

声音戛然而止,最后一件衬衫拿开,是几条叠好的内裤……

初见几乎是用扔的,把衬衫丢回去,盖上。

还没全遮住,她心虚地瞥了一眼在点燃熏香的检边林,用手指扯了扯衬衫衣角,拉过来一寸,全挡住……

然后,完全当作什么都没看到,把撑好的衣服草草挂去衣柜。

"我看会儿电视,你去洗澡。"他把燃烧的蜡烛放在器皿中。

"洗澡?"初见僵着手臂,举着他的上衣,傻看着他。

"吹了一夜的风,不洗澡会感冒。"检边林走过去,接过她手里的衣服,自己挂上,"快去。"

他从来都是话说一半,能省就省。

初见大概明白他的意思是,自己房间刚开始收拾,还要除味什么的,不知道什么时候能搞定,还不如在这里洗澡。

可……

初见回头看看淋浴房,四面都是半透明的玻璃,就在敞开的更衣室旁,四面通透……

检边林把门边的行李箱拖到更衣室,淋浴房外。

自己一声不吭去落地窗边,给温水泳池放水。安静的房间,立刻有了哗啦啦的水声。

初见怔了下,明白了。

大半夜放泳池的水,没别的意思,纯粹为了淡化她洗澡冲水的声响,让她不至于很尴尬。

初见在水声和电视节目声音里,犹豫一分钟后,匆匆从行李箱拿出干净的内外衣,冲进去,用十几分钟草草冲洗完。又四处找到吹风机把自己头发吹得七八分干,这才从更衣室走出去。

熏香还在缓慢地燃烧着。

温水泳池还在换水,电视机还在播放节目。

可是靠在卧榻上的男人睡着了。

她轻手轻脚走过去,俯身,凑到他身边,轻声问:"我洗好了,你要不要洗完再睡?"

检边林眉头微微拧起,轻摇头。

她看到他被冷汗弄得微湿的短发,伸出手指,擦了擦他额头和鼻梁上渗出来的薄汗。真的很疼吗?她有点不知如何是好。

检边林感觉到有人在碰自己,睫毛慢慢扇动了两下,微微睁眼,看到模糊的灯光下近在咫尺的那张脸。

太累了,迷糊就睡着了。

那双大眼睛满是担忧，他一时恍惚不知道是在梦里还是现实。

"你醒了？要不我给你拿条热毛巾擦擦脸和手，你再睡？"初见轻声问，觉得他一定累得懒得挪地方了，反正这个卧榻又大又软睡三四个人也没问题，"我先去给你抱被子过来。"

话没说完，就被他捉住手。

整个手心都被迫着贴上他满是汗的右脸，音色被身体状况折磨得有些虚弱和沙哑："初见。"

她人也因为这个动作被他扯过去，腰胯扭着，僵着身子，手肘撑在他脸旁——

他低而又低："我错了……"

显然是迷糊了，在说胡话。

就这么僵了几分钟，她察觉检边林又陷入了沉睡，手肘再也撑不住，咚地撞上了卧榻。

……

近在咫尺。他的脸。

睫毛安静地覆在那一条闭合的眼线上，下唇微微被牙磕住。应该是在很难受的状态下陷入沉睡，睡着了，还会疼吗？她慢慢伸出手指，把他的下唇一点点压下来，让他放松。能看到很深的齿痕……

手指也能感觉得到，他的呼吸频率。

泳池的水继续哗哗地放着，整个室内的湿度都在升高，还有温度。她留意到的这一切微小的细节，都像湍急的水流冲入心里，很急，压得心很重很沉，酸胀胀的："我都答应你了，不会反悔的……"

这要是在他清醒时，她是绝对说不出口的。

可说完了，还是觉得肉麻，猛坐起来，掌心相对，无措地搓了搓，轻手轻脚跑了。

第二天，是在赌场的戏。

检边林在这场戏里并不重要，倒像个背景，男二切牌的时候，在他身边喝水。主要台词和镜头都聚在切牌的演员上，检边林负责用最正常的神态喝水就行，谢斌是这么告诉初见的。

她就天真地以为，很简单。

可完全不是这样。

喝水要猛喝，大口灌下去那种，显得心理起伏很大，很不平静，很气愤，总之，就是要显出情绪。

男人猛喝水，当然几口就能灌下大半瓶。

拍一次两次就算了。

到最后，初见都看不下去了，看不下去检边林第 N 次拿起赌场那种最简单的矿泉水瓶，拧开，猛灌矿泉水的动作。

到中途，检边林有些受不了，休息的间隙去了赌场外的洗手间。初见亦步亦趋跟着，跟到大门口跟不进去了，眼看着男助理进去。

检边林刚才跑进去，就撞上大门。

随后，是小门。

然后压抑着，吐出来。

拼命忍着，不敢出声，男助理跟进来，他正用右手捂着嘴，控制着不要再吐出来。平时没这么娇气，最多喝完了催吐一下，继续喝。可最近这些天被疼痛折磨的身体受不住这些，完全压抑不住。

助理吓得脸都白了，还以为他怎么了。

等他彻底缓下来，靠在门上，慢慢地呼气："别怕，是不想让她听见我在吐。"助理恍惚着，心口巨石落下，低声说："检哥，刚才可是吓坏我了。"

他摇头:"怕什么,喝矿泉水又喝不出人命。"

检边林走到洗手池旁,洗干净手,发现眼睛有些发红,还带着浓浓的水雾。他习惯性蹙眉,对着镜子安静站了会儿。

恢复差不多了,开门。

初见胆战心惊迎上来:"你没事吧?"

检边林默不作声,摇摇头。

初见看他眼睛亮晶晶的,像是刚才被泪水浸过的样子,扯住他衣袖:"是不是又疼了?我们请假算了,能不能用替身?你又没有台词,稍微脸背过去一些喝水不行吗,就能用替身了吧……"

初见忧心忡忡,问题一堆堆的,说也说不完。

他停步,突然俯身,额前的头发微微滑下来,看着她。初见哑然,他再次凑近,趁她还没做出反射性避开的动作,脸几乎是贴着她的脸擦了过去,在她耳边轻声说:"不要打扰我工作。"

……她有点委屈,还是很听话地点了头:"知道了。"

检边林没再说话,快步返回赌场。

这一场戏,切牌的演员一共拍了二十几条。

初见算了算,他在三小时内,猛灌了至少十五瓶矿泉水……

收工后,他显然也吃不下去什么东西了。

晚上,谢斌来交代自己要离开澳门几天。谢斌走时,看初见愁眉苦脸的,知道她被白天看到的景象刺激了,拍着初见肩膀安慰:"真没什么,男人嘛,喝几瓶水怎么了。也就刚好赶上他生病了,有点不舒服。"

"无良经纪人。"初见抱怨。

谢斌乐了："欸？怎么回事，不是刚在一起两天吗，就当老公疼了？好，好，我无良，那你多疼疼人家啊。"

初见窘了。

余光里，检边林在对着琴谱，抱着谢斌让人送来的吉他，倚靠在小温水泳池旁的软垫上休息。

据说晚上的戏有这么一幕。也不知道是不是因为检边林本身就是乐队歌手出身，为他量身写的场，总之，这也不用替身，真身就上了。

谢斌挥挥手走了。

初见倒杯热水，给他放在脚边的大理石台上，在爬上去还是不爬上去之间犹豫着，最后靠着泳池旁的卧榻坐下，和他相隔了一条窄窄的石台边沿。她在低处，他在高处。

"你是大三，"初见回忆着，"还是大四比赛得奖的？"

"大四。"他最后翻了翻乐谱，合上。

"是什么歌啊？"

"《The Rose》。"

他高中就喜欢弹吉他。学习好，长得好看，加上喜欢这个，"斯文败类"这个词还真不是白担的。那时候各种活动他都是香饽饽，常被各班热情邀去助兴，可除了九班，谁都请不到他。

"你没听过？"检边林问。

初见想了想，摇头："好像没有。"

"在九班唱过。"

"啊，什么时候？"

"高三，"检边林抱着吉他，轻拨几下，从眼神到表情都清淡得没什么特别，慢条斯理地告诉她，"元旦联欢会。"

高三？初见蜷起身子，用手臂环抱自己的腿，没吭声。就是那年元旦晚会，她被班里男生神秘兮兮叫到楼下车棚，然后被那谁表白……后来她回去，班里女生兴奋地告诉她，一班检边林来唱歌了。

检边林若有似无看了她一眼，后背彻底靠上软垫，跷起腿，将吉他抱起来，毫无预警地拨动了弦。这个曲子他太熟悉了，不是因为获过什么奖，只因为练过太多次。

拨来拨去，却只轻声哼唱了前后不接的单独一句：
I say love it is a flower, and you it's only seed.[1]

初见将手伸进泳池，轻轻搅动着温热的水，眼睛望着玻璃墙外海。这里虽然能看到海，可并不算什么美景，因为酒店和海之间像是没建完的工地，乱糟糟的。

正如她的心，也乱乱的。

吉他被放在池水边，检边林拍拍身边的位子。

不大不小，刚好能坐下她。

初见停顿了几秒后，从卧榻爬上去，那个小平台临着玻璃墙，只有几个柔软的靠垫，她倚靠上去，没留神向后仰了个很暧昧的角度，好像……是靠在他怀里。

她没料到，检边林也没想到。

---

[1] 歌词来自《The Rose》。

感觉自己搭在靠垫上的手臂触碰到了她脖后的皮肤,柔软,温热,这么真实。是的,就是真实。

其实刚才谢斌说的话每一句他都听得很清楚,两天,四十多个小时,他始终在拼命工作,心无旁骛,好像对她的到来并没有欣喜若狂,只有他自己最清楚。从那天坐在驾驶位上看到手机屏幕上的那个字开始,他就失去了真实感。

现在,醒了。

初见……

检边林手指微微垂下,搭在她的肩上,隔着一层纯棉的布料,感觉到她紧绷的身体,不太自然。

她以前不是这样的性格,小时候,整天笑眯眯的,乐呵呵的,没心没肺,会把他参加航模的模型弄坏后,还装得可怜兮兮,捧着一手破烂儿,用那种"我知道你不会和我计较,快说你原谅我了"的神情对自己道歉。后来慢慢就变了,尤其在高三之后,越来越小心翼翼,也不太喜欢和同学笑闹,放学都是一个人走,体育课休息也是,独自坐在看台上发呆,不像别的女生三两个凑着说话……他知道初见那时被排挤得很厉害,慢慢就被磨没掉了性子。后来她去海南,他会悄悄看她上课,她也是独自坐在最后一排,身边没有人。

这都是他的错。

他想让她回到原来的样子。

回到那个敢爬上两层楼高的松树后,再惊慌失措地对着他大喊"检边林,检边林,完了,完了,我长筒袜被扎烂了,你能帮我去买双新的吗,我怕我妈揍我……"的样子。

要怎么做?

喉咙很涩，被不断翻涌上来的情绪堵住。

"做艺人很闷，对不对？"他的呼吸在压抑。

"是啊，你的工作真的好满，"她眼神乱飘，看窗外那一点都不美的海景。说实话，除了工作只能待在不被人围观的地方，真的很闷。

他靠近："晚上有空陪你出去。"

"不用陪，我又不是第一次来……"不像昨天劳累疲倦混杂着汗液的味道，很清晰地闻到干净的他的气味。

可不可以，在这里。他的手指压住她搭在毯子上的手，滑下来，两个人指缝交错，能感觉到她的手指有些潮湿，刚才被泳池的水弄的。

看到，她的喉咙轻微上下滑动了一下。

想亲她。

在这寂静的房间里，往昔如惊涛骇浪毫不留情地扑面而来——

十几岁在摆渡船上的那一幕，到今时今日他还记得每个细节，碰到她嘴唇时胸口的心悸和眩晕，甚至耳膜在一刹那的震动，他都没忘。那天，她戴着软绵绵的毛线手套，是在车站外的小地摊临时买的，摸上去像毛绒玩具的触感……

还有他亲上她，身边两个老阿姨的啧啧低语，放开她时，她气得眼睛底都泛红的样子……

连摆渡船上的煤油混杂尘土的气味，都很清晰。

指缝中，初见的手指微微屈起。

这么个小动作被他的理智无限放大，让他突然清醒了，视线变得清明，注意到初见向后缩了缩，紧张地抠住身下的毯子。

他脸偏过去："我下午还要拍戏，你在附近走走，带着充电的东西，不要让手机没电。"

她轻轻呼吸着，微乎其微地应了声。

检边林强行让自己离开，退后，心神有些飘着，竟忘记了身后就是温水泳池，就这么一脚踩进了水里，水花飞溅——

"你是想泡温水吗……"初见被忽然溅起的水弄傻了，看着他被弄湿的长裤。

"这里水太凉……我去洗澡。"

检边林头都没回，迈出泳池就从更衣室扯了条长裤，去了浴室。

结果带着无法释放的想要亲近的念头，他洗到半途就开始腹痛，谢斌也来了电话。他强忍着匆匆擦干身体，接起来就听到那边的无良经纪人在干笑："这酒店不错啊，我算是懂你为什么点名要住了，泳池啊，双人的，啧，你不演爱情片可惜了。检边林，欸？我昨天刚拿到一个大纲——"

话没说完，电话就被他挂断了。

"你洗完了？"初见的声音在更衣室外边飘过来，被水雾过滤得有些暧昧。他应了声，没敢多出声，靠上墙壁，忽而有点想要让她离开。万一开刀后结果不好，他简直是又一次自私地强行绑住了她。

于是，在初见还抱着膝盖，坐在泳池旁窘迫地思考，是趁着他没洗完溜掉，还是要在这里继续等时……检边林刚擦干水的身体又因为强行忍着痛蒙上了薄汗，不得不进去重新洗。

……

从下午到晚上，初见独自在大三巴牌坊附近的街道溜达，买了些补品，准备快递回去，正在填单子时候，收到他消息，提前收工了。他问她在哪儿，其实她也搞不清东南西北，大概说了几个地标位置。

就站在路口的一家猪肉脯店外，看着七八种肉脯，拿起一块尝了尝。味道还不错。

直到身后一只手搭上她的肩，回头，看到他戴着黑色口罩的脸，和帽檐下的那双黑亮眼睛，笑起来："你想吃这个吗？我们买回酒店吃？"暖融融的灯光下，她的笑容特别好看。

他第一反应就是摸钱包。

初见乐了，摆摆手，从自己斜挎的背包里抽出钱："我带了。"

随后就买了一堆，塞到他手里。

等到他了也就轻松了，她彻底开始了买买买的购物旅程。

只是唯一遗憾的是，全程他都只能等在店外，在灯光暗一些的地方等她。最后初见完成购买任务，跑出店门口，看到他站在一个很狭窄的巷子口。

她跑过去，很识相地躲到背光的地方："我们怎么回去？你助理呢？"按理说他是有车的，打车回去好像也不太安全。

"等十分钟，车就来。"

初见"哦"了声。

他刚才就注意到她穿着小凉鞋出来的，露在外的脚趾有些发红，此时再看，好像更红了。女人逛起街来是不是都不太顾虑生理承受能力？这么想着，视线微微上移，又落在她干净的没有涂任何指甲油的脚指甲盖上，然后，就再也没移开视线。

对他来说，她就是哪里都好，说不出地好看。

初见当然不知道检边林在看什么。

就此思绪散开，也有了一些过去从未有的好奇心：如果检边林那些粉丝知道他从小就这样，不爱说话，不哄人，不浪漫，有时还很严肃。总之和屏幕上塑造的那种形象差很远，不知道还会不会这么粉他……

"你怎么不说话？"初见轻声问，声音软软的。

她看着不远处大幅广告牌上的欧美明星，觉得这种在异乡街头等车的感觉真好。

她没听见他回答，奇怪地看向他。

检边林避开她的眼睛，怕她发现自己始终在盯着她看，故作镇定地去观赏车来人往，冷淡地反问她："说什么？"

她微张了张嘴，哑了。

如果不知道的，还以为自己是紧巴巴跟着要采访的小记者，被大明星甩了个彻头彻尾的大冷脸。

初见在这秒只有一个念头。

活该你之前追不到我……

chapter.05

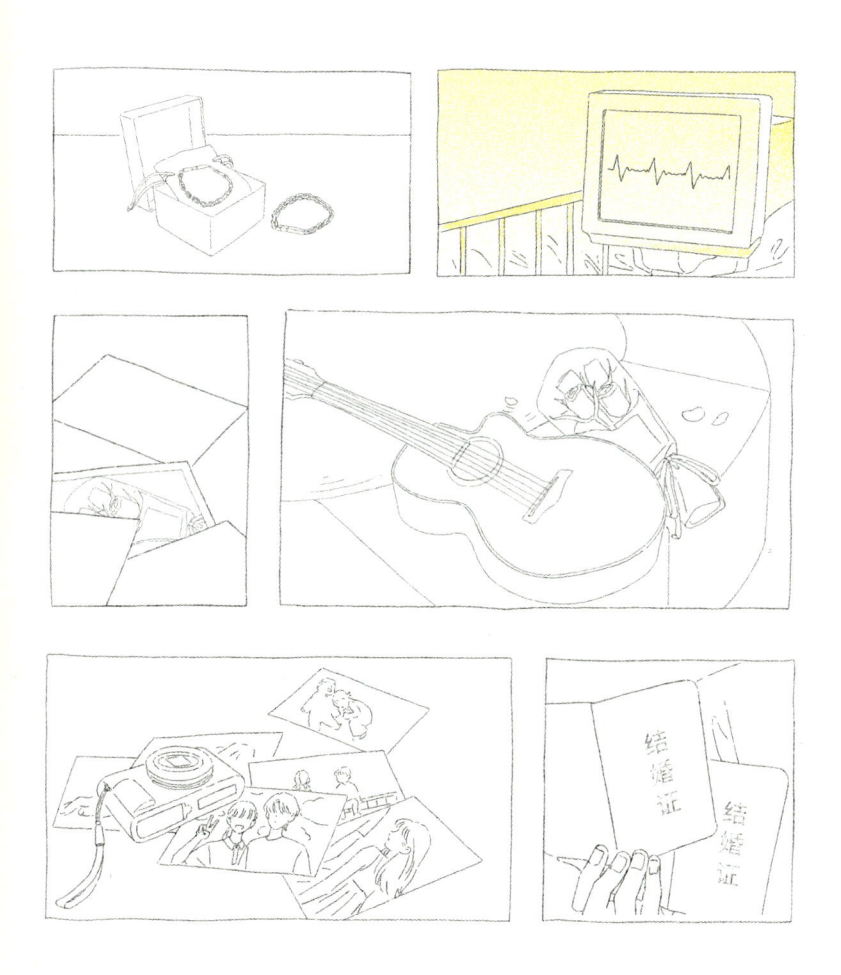

陈年老酒昔

这条小路对面就是个商场，几个灯箱广告毫无预兆跳到了新的画面，是检边林……是他代言的男士护肤品的灯箱海报。

初见被这一整条街突然更换的广告弄得心突突直跳。

有车灯的白光照过来。

一辆酒店大巴拐入街口，按着喇叭从两人身边驶过，不到半分钟这条街上就站满了下车的游客。

原本空无一人的安全的街道，反倒成了群众的聚集地。

检边林怕被人认出来，把她拉到一个大厦的台阶上，背对着游客，遮住她，看上去两个人和普通游客没什么区别。更像是，突然有了亲热的兴致找个角落卿卿我我的小情侣。

初见背靠着金属栏杆，被他的身体严严实实挡在角落里，什么都看不到，除了他黑色外衣上的金属拉锁，近得几乎要贴上她的鼻尖。

嘈杂的声音，有人认出检边林的广告牌，感慨他最近真是红透半边天了。顺便还有人议论着，各大营销号路透最近他所属公司宣布要开拍的第一部电视剧……

等等。等等。

她感觉他抬起手。

听得声音也离开得差不多了，抬头，想要说，要不要去个更隐蔽的地方，没想到这么小的马路还有酒店的免费巴士停靠，真是不安全。可眼睛抬起，却看到他悄无声息地将挡住半张脸的黑色口罩摘下。

这个简单动作，在此刻，竟有种说不出的暧昧。

"车……快来了吧？"她问。

"差不多。"他凑近，嘴唇就在她鼻梁前。

他呼出的气息烫得人心慌。

"我们下去吧。"她向后躲去，后脑勺撞上了大厦的外墙，撞到写着"玻璃门已坏，请走大厦正门"的通知单上……

嘴唇真实挨到的一瞬，她无意识揪住了手指碰到的，他的外衣拉锁。

这动作完全像是回应。

他再进一步，身体紧贴着她的，在交错混乱的呼吸中，微吮她软软的下唇，然后是上唇，最后舌尖才从她的唇间探进去，找到了……那颗小虎牙……

身后的广告牌"啪嗒"一声，齐齐换成了最新上映的《零零七》电影海报。

初见蓦地推他。

检边林就势离开，微风吹过，两个人的嘴唇都凉飕飕的。

她仍攥着他的衣服拉锁，身子有点软，也忘了尴尬是什么了，浑噩着，半点声音都发不出。

初见……

检边林想说点什么让气氛更好些，结果僵了十几秒也没想出一句像样的话……

幸好，初见口袋里的手机响了。

初见紧咬了咬下唇，低头，磨蹭着摸出来，放在耳边："喂？"

"初见啊。"是检叔叔的声音，她心连跳三级，才"嗯"了声。那边笑呵呵地说："叔叔悄悄和你说，今天我看到徐经了。哎，就是检边林高中把人打得不轻的那个，他喜欢你啊？"

"啊？"初见愣了，这……是怎么绕到这里的？

"特地跟着来看了我，还说，想联系你，要走了你的电话。我就问他，要电话干什么啊，他含含糊糊说这么多年了都成年人了，联系联系，终归是高中同学，"检叔叔的语气简直和要嫁女儿一样，"这小伙子脾气真是好。我就把你电话给他了，反正也没男朋友，交流交流，说不定是不打不成亲家啊。"

"……"

她和检边林这种距离挨着，检叔叔说话声音又是中气十足，想不听到除非耳背……

初见是真想让电话意外断线。

身前单臂抱着自己的男人一言不发，将口罩重新戴上，帽檐压低了一些，松开了手臂，转身就要走。初见忙上前一步，拉住他衣袖，对着电话那里说："叔叔你下回别随便把我电话给别人了，多麻烦啊。我这里还要开会，先挂了啊，你注意身体。"

检叔叔"哦哦"两声，很是高兴地挂了。

"你别走。"初见脱口而出。

检边林驻足，低头，看她拉着自己衣袖的手。

"检哥——"助理其实早就带司机来了，好不容易等着两人腻乎完了，终于敢开口叫人上车，可再定睛一看这气氛明显不对，脖子一缩又躲回去了，"不急，慢聊！"

"说话。"初见压着声音。

从这个角度能看到他的眼睛，背着灯光，看不出任何感情。

"又不怪我，是你爸把电话给他的，你也听到了。"她低声解释。

他还是不说话，也不动。

"你说话啊……"初见都有点急了。

那么多天，从检叔叔开始生病到现在，所有压抑的情绪都一股脑儿地涌上来。又是这样，又是这样，什么都不说，什么都不说！

检边林察觉她真生气了，视线绕回来，落到她身上。

他承认，自己一听到那个名字就情绪不稳。所以第一直觉是转身走，想要自己冷静冷静。现在……

"检边林，你是不是觉得我特好欺负，想干什么就干什么？"初见终于压不住，把这么多年的心里话都倒了出来，有些急，主要还是委屈，"我又没对不起你，当初你说把人揍了就揍了，我还眼巴巴去医院求人家，最后你没事了，还是老师疼女生追，可我呢，我高三怎么过的？后来你上大学，凭什么说是我让你失恋的，我又没答应你，可你自暴自弃给谁看？给你爸给我爸妈看，不就是想要我服软吗？好，我也答应你了，给你时间让你缓缓，不交男朋友让你先忘了我，可你就会骗我，这次又是……就因为你生病，说在一起就在一起，说亲我就亲我，说翻脸就翻脸。"

这估计是她这辈子发得最大的一次火了，可还是压着嗓子，不敢让任何一个路人听到。

她一连串说完，仍气不过，走到大厦墙角，对着墙生闷气，脸一阵阵发烫。

还是不解气，她对着墙踢出去一脚。

却狠狠踢在了他突然伸出来的右脚上，她本来就穿着凉鞋，脚趾猛戳上他白色的运动鞋，立刻疼得眉心深蹙。

检边林默不作声地伸手摸了摸她头顶的短发，声音透过那一层黑色的布，不太清晰地说："有人在看。"

她愣住，也忘了什么生气了，看了看不远处真像是有游客认出了检边林，在驻足围观——

"有人你还不快上车……"

两个人上车，一路回酒店都没说话。

检边林让助理晓宇陪着初见回房间，他自己跟着车，又回了剧组。初见回到房间，仍旧有火气堵在胸口。

"姐，能借你电脑用用不？"晓宇笑，"谢总让我看东西。"

初见点头，把自己电脑打开，屏幕转了个向，面向小助理。

没多会儿，就听到视频的声音，是歌声，很热闹。

晓宇对着电脑屏幕咯咯笑："姐，你看，这些粉丝真逗。"

晓宇把电脑转过来。

视频里随着乐声，检边林正在灯光下，光着上半身在强劲的节奏下跳舞，拍摄的角度很远，像粉丝拍的，约莫能看到他咬着下唇的动作，还有胸口、腰线那里若隐若现的薄汗……

"去年生日会的，帅不，姐？"

画面跳转，另一个舞台上，表演的他像刚跳完一段，转过身，两根手指提上后腰的腰带……

然后是飞机场，夏天，也不知怎的被身边两个粉丝钩住了上衣，露出了锁骨……

他助理在咯咯笑，因为剪辑得实在太棒了。

各种走光镜头。

"这年头粉丝都很给力啊，"晓宇笑，"这视频点击量都几十万了，哈哈。我小时候追星，哪会搞这些啊，那时候网络还不发达。"

小助理继续絮叨着，在微信群里和公司的人开玩笑，众人议论纷纷说这个视频虽然是粉丝做的，也可以大作特作啊。

他们讨论的是公关范畴，这个时代给偶像贴标签，定人设简直成了常态。可估计这个小助理不会信，初见这是头次这么细节看他的明星常态……

或许因为，从小和他长大，看到这些都会觉得有点奇怪。尤其……这种挺暴露的镜头，通过镜头看他裸着上半身热舞，实在有点尴尬啊。更尴尬的是，检边林这位小助理还特别喜欢发语音，一条追着一条："我觉得，我们检哥身材真是漂亮，腰还细。要不谢总，我们弄个腰控吧。"

估计觉得初见不是外人，连听群里的语音条也毫不避讳。

这一句真是刺激了不少人，纷纷调侃。

"哈哈哈哈哈你别闹了，这词真够难听的，不过检哥的身材那真是一顶一，特有看头。"有人回。

"用粉丝的话就是，特欲。"

……

"不不，我觉得最好看的不在这里边，这视频有露的，"谢斌大笑，"要露不露才好看，去年，他有个电影镜头，后来被剪了。他穿着西装，里边若隐若现，那段有空我要回来给你们看。流氓耍流氓没看头，这种平时斯文严肃的耍耍流氓才最要命。"

有人竟然直接发了难以抑制的连串笑声过来。

……

她听得发窘，自己躲到一边去看电视。

台播了一个又一个，找不到能落定心看的。再瞄了瞄手机，发现检边林在几分钟前发了微信过来：酒店六楼，靠这里的白色回廊最东，下来。

……这就算没事了？

初见拿着手机自我斗争了会儿，算了，不和病人计较。

外头的天色已黑到彻底。

这个平台的所有路灯都隐藏在道路两旁的树丛里，不时有几个穿着泳衣，身上裹着浴袍的男女经过。春色撩人，春色撩人。

刚才那一个个走光画面，他的腰线，锁骨，还有很多画面都还清晰，他们公司人调侃的话还在耳边。

猛地来这种东西，虽然露天泳池和人造沙滩很常见，可这个时间，还是让人有点心里突突。

也不知在突突个什么……

初见照着他的位置找了几分钟，成功找到了人。

检边林还真会找地方，绝对的角落，拐角，死角，不会有人经过。他单手抄在长裤口袋里，看着藤蔓上一只慢慢爬动的小东西。

105

看不清是什么，纯粹是无聊用来打发时间。

"我们上去吧？"初见走近，还是觉得不安全。

她一向有觉悟，几年前微博刚开通时，那时检边林还不红。她大半夜被他揪出去和谢斌吃饭，竟然还被他少得可怜的死忠粉扒出了模糊的昏黄的隔着屏风的一个侧脸。从此以后，真心惊，估计是学生时代落下的心病，特怕被人议论……

不知是不是深夜树荫遮着，检边林显得喜怒难辨："一会儿就上去。"

"哦。"那现在干吗？

气氛怪怪的。

她瞅瞅他，还是看不出什么表情。当然不生气的情况下她倒觉得无所谓，反正早就适应了二十多年了……只是她就奇怪，明明从小到大就是个偶尔冷冰冰硬邦邦面部表情匮乏的人，演戏时倒很入戏，怎么做到的？

检边林看了看四周，这个位置不错，他在楼下溜达了二十几分钟，这里是几个高档酒店共用的天台，除了别墅，就是几个酒店各自的泳池和人造沙滩。人比较少，刷卡才能进，起码比楼下赌场和购物区要安全得多。

他手虚握成拳，挡着，咳嗽了声。

从兜里摸出个打火机，然后从身旁长廊一侧长石凳上的纸箱子里捞出个小东西。剧组真是个好地方，想找什么都方便，虽然有点傻。

初见还没看清他拿了什么，就看到从他手心跳跃出的微弱的、摇曳的打火机火苗，点燃了那个东西。

火星四射。

检边林借着火光仔细看她一眼，盘算着说点什么应景的，可深琢磨，还是半个字没说，将那个滋滋冒着火星的东西放到她手心里："你不是喜欢这个吗？剧组今天用的，我看他们挺喜欢，就给你拿了几个，这个烧完还有。"

是……冷烟火棒。

初见接过来都烫手，彻底犯了尴尬症："是小时候喜欢，都二十几岁了，谁还玩这个。"

刺啦啦的声音，还有不断蔓延的些许燃烧的味道。

初见手都发麻了："这东西怎么灭……"

她知道自己这么说实在不解风情。

可这太刺激了，露天，游泳池边，要是和检边林他爸玩烟火棒倒是没问题，哪怕谢斌呢，或者自己爸妈呢，就是不能和他。

她满脑子都是自己被人肉得体无完肤，小学入学考试答错了什么题都能被晒到网上的惨状……

检边林默了下："等它烧完，应该很快。"

初见有点于心不忍："我挺高兴的。"

"看得出来。"他象征性回答。

看得出来，并不高兴。

说实话，初见的表现还不如下午玩这个的几个助理兴奋。这让特地去找道具要这个的检边林有点，怎么说，挫败，或者是不知下一步要怎么做的烦躁感充斥着他的神经。

两人就这么眼睁睁地看着它从头扑哧扑哧地烧到暗掉，灭掉。

最后初见不自觉松口气，后知后觉地想到他是特地去剧组拿了

107

来，攥着烧完的黑漆漆小木棍，愣了半天神。

其实，真挺感动的。

他好像真变了不少。

初见轻跺了跺脚后跟，小紧张。

还在生气？检边林不太确定地探手，想把她手里的那根烧完没用的东西接过来，找个垃圾桶丢掉。

手刚伸到半途中，胸口就被轻撞上，初见竟悄无声地张开手臂抱住了他。这动作不连贯，也不自然。

他下巴颏被她的碎发弄得有些痒，一低头想开口，又被初见抢了先："下次别用这个了，被拍到多麻烦。"

检边林紧抿的嘴角放松了。

他抬了胳膊，缓慢地搭上她的肩，滑下去想回抱她，却被怀中人像想到什么要不得的念头，一把推开了："上去了。"

初见脚步匆匆，转身就跑，真是从脸烧到了耳根。

刚才手不小心碰到他后腰的腰带，脑子里接二连三蹦出来的画面竟然都是视频上的镜头。和演员在一起真不好，从小到大也没看过他不穿上衣的前胸后腰，可现在，还没怎么着呢，就和全国人民一样把他都看光了……

回到房间，晓宇还照着谢斌说的，在一个个收集视频资料。

准备明天分享给公关部。

看两人前后脚进来，初见刚要去客厅，就被他从后单臂搂住，半拖半抱，拽进和客厅隔着一道墙的更衣室。

晓宇听到声音，叫了声检哥："刚道具的徐哥给我打了个电话，他说这禁烟火的，让你小心点玩，"晓宇奇怪抬头，"检哥，人家说你拿走半箱冷烟火棒，要逗兔子，这么高档的酒店外边还有兔子啊？什么特殊活动？"

检边林的眼神挺冷淡，不太想解释。

初见心虚接了话："就在楼下，酒店特地准备给小朋友们看的，苏格兰长耳兔。"

她只想跑进去，检边林就挡在那里，不让她过去。

初见左绕一步，右绕一步，生怕被隔着一面墙后的、书桌旁的晓宇看到，也不敢硬来。

"哦，哦，"晓宇乐呵呵继续问，"苏格兰长耳兔？挺新鲜嘿，我只听说过苏格兰折耳猫。"

"有啊，就是，就是少，酒店才弄来给小朋友看。"

其实她根本不知道有没有这种兔子……

检边林趁机逮住她。

扳过来她的脸，手扣在她脑后，亲上她还想继续解释的小嘴唇。灼热的呼吸扑在她的鼻尖、脸侧。

初见完全没准备，控制不住轻轻颤抖了一下，细微的动作，却让检边林停了一停。

他扣在她脑后的手指突然收紧，穿过她短发的手，将她贴近自己。初见睁大眼睛，像有一波波海浪，不停，不停冲刷过背脊……

短暂，深入，彻底的一个吻。

一个小时前在澳门某个不知名街头浅尝辄止的嘴唇接触,和当初没区别,可现在——

真的,接吻了……

两个人,她和检边林竟然真的接吻了……

"兔子不是胆小吗?"晓宇声音又飘过来,"没被吓着?"

"苏格兰长耳兔胆子大,不怕烟火,看得,"初见眼前只有他的眼睛,浑浑噩噩地说,"看得可高兴了……"

那晚初见又失眠了,生平第三次。

她发现澳门是个很神奇的地方,比如上次就是和检边林在赌场遇到后,他就开始频繁和自己见面,两人关系突飞猛进让她措手不及,而失眠的夜晚也开始一个连着一个。

到凌晨三点多,初见瞪着天花板把明年新分店装修风格都想好了,还是睡不着,于是扯了件玫红色的毛衣外套出了房门。

结果到楼下刚换了筹码,想尝试尝试上赌桌的快感,检边林就一个电话打过来。

半夜三点,很多台子都只有一两个客人。

初见挑了个没人的台子,检边林很快找来,挨着她坐下。为了遮掩一些面部特征,他出来时戴了副灰色半边框的平光镜。

"你也失眠?"初见莫名有种自己在挥霍家产被捉了个现行的感觉,"明天不是还要拍戏吗?"

他表情严肃得要命,拿起她面前的一小摞筹码,挨个数起来。

啪的一声,啪的又一声,特有节奏……

初见琢磨了半分钟,也不知道他想干什么,按捺不住想从他手心捞回两个筹码下注,结果刚伸手过去,就被他反手扣住手背。

她微微挣了下,有点脸热。

幸好检边林只是稍攥了攥,就松开了:"上次在机器上输得还不够,这次还敢上桌了?"

初见郁郁:"反正我换这些就是为了输的,打发时间。"

"为什么不会赢?"

"我又不会玩。"

检边林摘下眼镜,露出了一个难得的笑容:"情场得意,所以赌场失意?"

初见怔了下,撑着下巴装,眼睛溜向别处。

装没听到。

检边林从身上摸出一个个高面额筹码,直到最后在她面前摆出了七摞,才开口说:"把这些输完。"

初见还以为他开玩笑,可等一个小时后,就笑不出来了。

只用了六十几分钟,就输得只剩了个红色筹码,被她放在手心里颠来倒去,都快哭了:"你也不帮我赢回来。"

"头有点疼,不想动脑子,"检边林看上去却心情不错,"算是给澳门税收做贡献了。"

其实他有句话没有说。

这些换来的筹码数额,就是上一趟来澳门时,他坐在这家赌场赢的。那晚检边林在这里碰到初见前,就在贵宾室里赢了不少。那时他身体也不舒服,却无论押什么都能赢。

当时他身边一堆斜挎包的私企老板,兴奋得两眼放光,都赞叹

111

他的赌技。可哪有什么赌技，情场失意就足够概括了。

所以他今晚把这些给她，就是想要她输回去。

最好全都输光，结果初见还真是不负众望：全输了。

初见从没见有人能输钱输得这么开心的，她可高兴不起来，一个劲自我检讨，推开椅子，拉着他就回去了。

最后她唉声叹气乘电梯回到自己楼层，还一直沉浸在"果然失眠又伤神又伤财，尤其在澳门这种地方保证优良的睡眠质量才是保护钱包的唯一方法"的念头里——

检边林跟在她身后，虽然还是头疼，却不着急回去，慢悠悠地跟着她的脚步，听她嘟囔。

"我要把它裱起来，"初见猛停下，转身，两指捏着仅剩的红色筹码，递到他眼皮底下，"告诫自己再也不能……"

检边林一低头，嘴唇挨上她捏着筹码的手指。

初见手微颤了下，险些掉了筹码。

他就这么贴着，没多余的动作，柔软温热的感觉，还有他唇上细微的纹理都被无限放大着，烙着她的手指。

……

后来他说了什么，怎么回房间的，她都忘了，就记得这么个动作，像烙在了心里……

后来，检边林直接从澳门飞长沙做活动。

初见也就回了上海。

两人在机场分开时，检边林还理所当然地要走了初见家的钥匙。虽然上次爸妈也把钥匙给过他，可那时和现在又不同，总之，初见从包里掏出来，递给他时，还有种特别奇怪的感觉。

说不清，真说不清。

初见咬着勺子坐在上海复兴公园附近的某个二层小楼的西餐厅和童菲私会时，还是对在澳门两人的神速进展琢磨不透。

以至于她完全开不了口，告诉童菲自己和检边林突然在一起了。

"你会把你家钥匙给你男朋友吗？"初见没头没脑地问了句。

"会啊，他要帮我喂猫换猫砂。"童菲也没多想，"走吧，我要去见个制片人，让她引荐导演给我认识，给林深下部戏打个铺垫。"

"去哪儿见？"她茫然。

"就这附近，临时搭的景。"

童菲招手买单，两人离开这里徒步去了片场。

就在西餐厅不远处的小巷子深处，走到底拐个弯就是，是临时租用搭建的公寓。为了防止被打扰，公寓大门是锁着的，一个小伙子蹲在门口守着："找谁？"

"谢总，"童菲报上制片人名字，"谢琳琳。"

小伙回头问了句，就把她们放进去了。

两人进去，正赶上众人休息，童菲一边按照人家说的位置去找谢琳琳，一边低声说："这部剧男主和检边林过去差不多红，应辰也是，不过检边林是电影咖，他们剩下的人都主打电视剧。"童菲以前带过应辰，刚带火就被人抢走了，所以提到这个名字很是咬牙切齿，"今年检边林大爆，这位就弱了。可人家排场比检边林大多了，从助理到化妆师就带了六个人进组。"

初见"哦"了声，不太理解为什么需要那么多助理。

两人绕过拍戏的客厅，在餐厅找到了谢琳琳。

谢琳琳正没好气地翻着手里的东西，看到童菲就垮下脸："你说说，合同签好了要拍到十七号，他非要十四号就去录节目，还好多没拍呢。我为他都不知道甩了多少戏没拍了，有个景花了十几万搭的，一场都没拍过，戏全被他甩了。"

"陆从文一直这样啊，"童菲揽住谢琳琳肩膀，"上次就和你说别用他，你非不听。"

"他这不正当红吗？你又不是不知道现在演员荒，电视台买片又认他。前年他没红的时候可不是这样，大半夜让去郊区试镜也乐意。"

谢琳琳越想越气，又抱怨了两句，忽然说："哎，其实最开始是给检边林递的本子，那位虽然不太好沟通，但好歹敬业。"

童菲咳嗽了声，瞄初见。

初见接过一个助理递来的罐装饮料，装什么都没听到。

"可检边林不演电视剧，"谢琳琳郁郁，"递过去本子从来都是一个字'拒'，谈的机会都没有。"

童菲又咳嗽了声。

谢琳琳狐疑："干什么，提到检边林你就这副表情？听说你和他还挺熟？该不会——"

童菲真呛到了："别扯，他根本不喜欢圈内的。"

"难说，"谢琳琳声音转低，"听说他这次在澳门拍戏带了个女孩。还有当初和他出道参加歌唱比赛一起红起来的那位，不也和他关系特别吗？我都是听台里人说的。"

初见手一顿。有点，心里怪怪的。

刚才两人的对话她还是听得挺有意思，尤其是夸检边林敬业。可是现在……初见突然没有听的兴致了。

那两个继续交流业内信息,四周到处都是工作人员,她也都不认识。就自己绕了个圈,走进了没人在的卧室。

童菲说这里都是道具组负责装修的,还真挺有品位。

她摸了摸整面装饰墙,转过身,陆从文刚好结束了一场戏走进来。

初见看到他,立刻就想起刚才谢琳琳说的一堆话。

他看到初见也是一愣,目光很明显:跟着工作人员来探班的粉丝?

估计早习惯了每天被这种状况打扰和围观,这个大明星拉过折叠椅坐下来,一副"既然你是跟着工作人员进来的,那我就勉为其难对你和颜悦色吧"的模样,看着她。

呃,好尴尬。

如果他知道自己根本没有想要和他搭讪合影要签名的意思……初见默默在心里为他尴尬着,装出一副没看到任何人的表情,一路摸着墙壁、家具、桌子、壁灯,像在欣赏家具似的无辜地走出去了……

等迈出卧室,终于松了口气。

为了避免再出现这种状况,她不敢到处乱跑了,乖乖坐在餐厅里等着童菲,一等就是两个小时。

等童菲和导演差不多聊完,这里也收工了。谢琳琳招呼着童菲,和大家一起找个饭店继续聊。童菲也就没推托。

众人出来时,外边彻底黑了天,还下起了毛毛雨。

"这个地方不好打车吧?"初见打量四周,单行道,沿着路边停着一排车,根本没有什么出租车开过的苗头。

"不用打车,我们走着去就行。"谢琳琳笑。

她视线拉回来，注意到了一辆特熟悉的车靠在路边，没等去看车牌号，驾驶座的车门就被人从内侧推开了，下车的人穿着黑色运动套头衫和运动长裤，一点明星的样子都没有。

检边林？

所有人，包括跟在人群最后带着两个助理走出来的陆从文也很惊讶。这不是什么影视基地，就是剧组临时租的房子，拍个两三天就撤了，竟然能在这儿偶遇，也太巧了。

检边林和陆从文有过合作，大小颁奖典礼也常碰面，看见他，略点了下头。随后又对几个眼熟的人，点头示意。

等走近初见，他就直接忽略了这些不熟和不认识的人。

四天没见了。

"你怎么回来了？"初见被他盯着看，有点慌，有种突然被暴露在光天化日下的窘迫感。

他好笑地看她："不回来，难道还定居澳门？"

"……"

初见没吭声。

能不在这么多人面前聊天吗……

检边林看她一脸复杂神情，猜到她不喜欢和自己在这种环境下被人围观，转而去问童菲："你们这是收工了，去吃饭？"

"啊对，"童菲回了神，"是去吃饭。我还以为你问地址是干什么呢，真没想到你能过来，一起吗？"

他摇头："我来接她。"

"哦，那你们走吧，"童菲对谢琳琳解释，"我和检边林这么熟还是因为初见，他们两个从小就是邻居，青梅竹马的好朋友。"

谢琳琳恍然，笑："真好啊，我最羡慕发小这种感情了。"

检边林听到童菲的解释，也懒得说什么，抬手碰了碰初见被雨打湿的脸。还热乎乎的，应该没在外边一直淋着，还好。

"回家？"他问。

她松口气，好，好，还是回家最安全。

可她想想又不对："我这几天没买菜，要不然还是和童菲一起去吃吧？"反正他和这些人也认识。

检边林默了一会儿说："家里炖了一下午骨头汤，冬笋骨头汤。"

啊，他已经回来这么久了？

初见还以为他是刚离开机场不久："……那回家吃吧。"

直到两人先后上了车，开走了，穿过十字路口的红灯，别说车牌号码，连车尾的影子都看不到了。众人才突然醒了，也悟了。

谢琳琳猛给童菲打眼色：你蒙我吧？好朋友你个鬼啊！

童菲也一个劲儿发傻：我也不知道啊……

气氛吧，本来应该挺好的。

当然，这说的是在初见接到那个电话前的气氛。

陌生号码打进来，初见也没心理准备，接起来"喂"了声，那边就有轻微的呼吸声，特别像是有时候检边林和她打电话的样子，如果不是检边林在开车，她甚至会以为就是他丢了手机换了个号码打来的……

直到:"初见,是我。"陌生又熟悉的声音。

初见蹙眉想了会儿,徐经?她立刻有点不自在,想掩饰:"啊,是我……你有事吗?"

她瞄了眼检边林。

信号断了。

这小区什么都好,就是停车场没信号。

结果,反倒有种她心虚断了电话的感觉。

"谁?"检边林察觉了。

……"徐经。"

检边林也没说话,关门锁车,和她沿着中庭的木质楼梯,走上小区中央花园。初见不知道是不是自己太心虚,总觉得他脚步声很重。

刷卡,进大门,等电梯。

电话又来……

初见这次认识号码了,没接,反正一百年没见也不怕得罪人。等两个人出了电梯,初见从包里翻钥匙,刚摸到,就被检边林手掌压在后颈上一声不吭地拉到他身上,按到怀里。

动作干脆利落一气呵成,就是忒冷不防了,初见额头撞得闷闷地疼,指尖刚摸到的钥匙又滑走了。亲上来的时候她还在想,是不是谈恋爱都要这么没事就亲一口,不腻吗……

两个人嘴唇都冰凉凉的,因为室外的温度,这么挨上,就觉得他嘴唇有点发干。

……

检边林后退着，背脊贴上走廊墙壁。

回来半天什么都没做就是边看台词本边给她熬汤，削下来的冬笋薄片稍老点怕她不爱吃口感不好的全都一点点剔除了。她爱吃的他都会做，但每次都做完就被自己或是父亲消灭了，毕竟同样的油盐酱醋从不同人手里调出来就天差地别，对于自己做菜是不是合乎她的口味他不那么自信。

想把她喂饱让气氛好点儿，再告诉她，这几天满脑子都是她，就想赶紧中途在上海停一下，见见她。

可完全变了样。就因为那个电话。

初见绷着脸，低头在包里掏了半天钥匙，开了自己家的房门后，反手撞上。厨房炉子上真有一锅冬笋骨头汤，餐桌上碗筷都有，还有一小碟辣椒酱伴着麻油。

他很了解她喜欢把笋都捞出来蘸这种酱料吃的习惯。

在门廊站了会儿，初见也清醒了。

她转过身，开门，果然他还靠在走廊的墙上。

幸亏这里是一梯两户，就连快递都是扔到门口收发室不让入小区，否则这么个大明星以这种颓态靠在白墙壁上站着的样子被拍下来一定会让人浮想联翩。

"我毕业后就没见过徐经。"她走到他面前。

他知道。检边林抬眼，看她。

初见咬了下嘴唇，克制情绪："在澳门就和你说了，电话号码是你爸给的，他打来电话你也听到了，我也不知道他想找我干什么。"再说了，当初就三天，唯一的肢体接触就是答应时被拉了下手……

你已经亲了很多次了好吗……

他低声回:"我知道。"

她愕然:"那你生什么气?"

检边林抬头看了眼电梯上的上下楼标示:"听到那个名字就不舒服。"

"……你这是不讲理。"

他竟然还低低地"嗯"了声,承认了:"这事没法讲理。"

就算清楚他们不可能再有关系也不舒服,他压根儿不打算在这件事上讲理,一点苗头都不能有,幻想的苗头都不行。

初见憋着口气,脱口而出:"你比赛的时候,不是和一个女孩关系好吗?我要是不讲理你受得了吗?"

检边林愣住,蹙眉:"谁说的?"

她不打算继续说。

"你相信?"他追着问。

还没等她答,检边林一伸手就想把她扯过去抱着,初见直觉躲开了。

检边林手停在半空中,愣了半晌,压着气息,哑着嗓子追了一句:"结婚,好不好?"

……

四周空荡荡,静悄悄的。

夜风飕飕的,从走廊窗户打着小回旋儿吹进来,吹得她太阳穴一窝一窝地疼。

……

他这么一句，完全把她砸蒙了。

她是真被吓着了。好像是不太敢荡秋千的人好不容易鼓起勇气坐上去，身子还没摆正呢，就背后被人抽冷子那么一推，冲着甩到最高点，啪的一声绳子齐生生就断了冲了出去……

初见站了足足半分钟，完全没看清他脸上的神情就丢下句："你自己冷静冷静吧。"

回了家。

门关上，还从内反锁了。

她背靠上去。

虽然有这么多年认识的基础，不用从了解互相的家庭背景甚至是生活习惯开始，可才刚在一起，她刚找到点喜欢的感觉。

结婚，多严肃的事。起码要有爱情吧？后半辈子，到老到死都和一个人在一起，不管生老病死就都这么守着一个人，还要和检边林有个孩子……她从没想过。

走廊里。

检边林简直是，都不知道自己怎么了，没头没脑的一句几乎是脱口而出的，说完才悔得不行。

他两手手掌同时压上额头，闭了眼，过了好会儿，摸出钥匙开了自己家的门。

"哎哟回来了？我都要饿死了，"谢斌放下易拉罐，张望，"你媳妇儿呢？"

检边林摇头。

"不是去接了吗？没找到？没找到你给童菲打电话啊。一大活人还找不到啊?"谢斌饿得头昏眼花,天晓得,他等得都前胸贴后背了。检边林也没吭声,指了指厨房:"自己弄,我睡会儿。"

结果这一觉就睡到半夜。

快十二点了,他从床上起来,脱了套头衫想去洗个澡。估计谢斌是听到动静了,推门进来把他扯出去了:"洗什么澡,先给我吃饭。"

谢斌说完就去厨房把火开了,拿着个汤勺画了个圈:"说吧,去接的时候还好好的,怎么连人都带不回家门?"

谢斌说完,也不指望检边林能告诉自己究竟发生了什么。

他嘟嘟囔囔的,说着接下来的安排。

然后他看了一眼客厅,人不见了,再张望了眼,那人阳台上吹风去了。

谢斌盛了汤,丢餐桌上。

"我啊就没这么喜欢过一个姑娘,你告诉我,究竟什么感觉?"谢斌颠了颠烟盒,抽出根,点燃猛吸了口,"估计长得太帅了,都是姑娘对我要死要活的,都习惯了。"

检边林沉默。

"当然比你还差点,"谢斌乐了,"说真的,是什么感觉?"

感觉?

检边林靠着藤椅,手掌压着额头,闷闷地问:"我是不是挺差劲?"

谢斌被他没头没脑这么句话,问得愣了愣,笑了:"在你粉丝眼里,你完美无缺。"

检边林压低下巴颏,视线也随着低下来,去看阳台上瓷砖的蜻蜓图案:"我特别爱她。"

"我知道。"要不还帮你骗她过去见你?谢斌腹诽。

他又是一阵沉默，末了，单调重复："特别爱。"

说不清，就知道自己能等她一辈子。

十几岁时会自暴自弃想象她以后爱上别人结婚了，他就等着，等到她离婚，她过得好那就给她锦上添花让她过得更好，她要过得不好，二话不说把那男的揍一顿，领她回家。二十岁出头他还没看到自己事业前途，又不能常有借口见到初见的那阵子，都还能梦到初见泪眼汪汪地扑到自己怀里大哭，说别人对她不好欺负她的种种恶行，他都会惊醒，五脏六腑都翻腾得难受，靠上床头，一坐就是整晚，从黑夜到天光。

那种怕她吃亏受罪的心悸感，一言难尽。

检边林急步出了阳台："她还没吃饭，我去一趟。"

初见从回到家就在忙工作，广州有个很大的业内展会，她要负责招待日本和韩国来的品牌代表。非常关键，要伺候好了，才能继续拿到独家代理权。

初见创业时，美甲行业在全国还主走低端路线。

初见毕业后，大学同宿舍室友给初见牵线了一个高端品牌的独家代理，一举打开高端市场……总之，初见一直觉得自己运气不错。创业很成功。

一忙就到快十二点，终于喘口气，从卧室出来。

饿得饥肠辘辘，就自然想起厨房的那锅汤，凑去看了看，更饿了。

刚才安排各种事情时，饿着，想工作，也想两个人的现状。好像，她瞥了眼客厅的钟，都这么晚了，他不会还没吃吧？

还生着病。

她拧开燃气灶的开关，打着火，重新热了，盛出一小碗默不作声吃着，顺便在厨房来回溜达着给自己做思想工作。

最后竟然边吃着，边鬼使神差地走到大门口，随于把反锁开了。仍旧在犹豫着是不是要叫他来吃饭。可万一，他又说要结婚怎么办？

手还没来得及放下，门就被打开了一条缝。

检边林也就是想试试，她有没有反锁，没想到拧一圈就开了。还在犹豫要不要撞上门重来一遍，敲门叫她，被她从内拉开。

走廊苍白的灯光下，是检边林，大冬天的穿着一层单薄棉布的黑色短袖，走出来太急忘了套上外衣。

门廊暖黄的灯光下，是初见，嘴里还咬着半片冬笋，吸溜就吞进嘴里，傻了："你……吃晚饭了吗？"

几乎是同时，检边林目光沉了沉："怎么现在才吃晚饭？"

又是同时——

初见："我刚在做事情。"

检边林："没吃。"

……

初见闷头吃了片冬笋，终于这次检边林不出声了，她含糊嘟囔了句："没吃赶紧进来吧，刚热好。"

初见趿拉着拖鞋就跑进去了，检边林跟进去，扫了一眼桌上的酱料碟，用过，再看她吃东西时的微妙神情，看上去应该做得还算是合了她的胃口。饿坏的他，也去给自己弄了一碗，靠着厨房的水池旁，站着吃了两口。

原本是揪着心，空着的胃自然不舒服。

现在知道她没饿肚子，放了心，又填补了两口吃食，感觉死命拧着的胃也慢慢放松了。正要用筷子再扒拉两口，初见就悄然走进来，端着空碗瞅他。

各自把自己喂了半饱，刚才因为那个并不重要的电话而产生的一系列争执的影响再次冒出来。

"检边林。"初见憋了半天，就冒出了三个字，还是他的名字。

检边林探手把她攥住的空碗接过来，放到不锈钢水池里，发出不大不小的一声闷响。然后低头，继续吃。

初见撇嘴。闷死你算了。

"这几天北京的雾霾特别严重，我好几个同学在室内测数据都严重超标，你能不能缓几天再回去？我怕你身体吃不消。"欸？怎么会说到雾霾，真是口是心非啊。

显然检边林也察觉到她在没话找话，其实，她不这么做，自己也会这么做。但显然，初见的性格比他更适合充当这种角色。而且就他对初见的了解，她不管绕多大的一个圈子，都一定会回归主题。

她想说什么呢？想说"我们不合适"吗？

检边林垂眼，继续吃东西，让自己保持绝对的清醒和冷静。不管她说什么都不能再做出什么出格的事，或者说什么出格的话。

于是初见开始絮絮叨叨，从雾霾说到了刚才和检叔叔通了个电话告诉他千万别再随便牵线了，而后又说到了检边林家里那只大狗被老妈送到宠物店好像有点抑郁症了，然后又说到⋯⋯

卡壳了。继续说什么呢？

初见终于停下来。

检边林拿着筷子的手顿了一顿。

"检边林，"她又叫他，"你冷静好了吗？"

他把自己的碗筷也放进水池，开水，放冷水，等着热水宝加热。很快，水开始热了，他这才想起来还需要洗碗液。

"那我们……算吵架吵好了吗？"

多熟悉的一句话，他甚至都快忘记了她最喜欢这么问。

挺小的时候了，她不爱做作业，还经常弄坏他的东西，各种人神共愤的事不胜枚举。他根本就懒得和她计较，就是觉得好玩装着凶她一两句，就喜欢看她装着可怜巴巴又委屈的表情，骨子里却是气哼哼地怨自己小气。

结果，最后每每她都会自我反省很久后，磨蹭着跑过来问一句："我们算吵架吵好了吗？"

初见看着那一锅东西让自己有个能努力盯着的目标物。

呃，接下来怎么说呢？

初见嘘口气："你看，无论是谁和谁在一起都需要慢慢相处，对吧？我和徐经……那段在我活了二十五年零四个月的时间里几乎能忽略不计了。真说是在一起，你才该算是我正正经经的……"

初见默了几秒，彻底下了定义："初恋。"

所以你究竟为什么反应这么大？当然这句她没说。

初见觉得自己真是太憋屈了，这么多年被他逼得没谈过正经恋爱，好不容易开始算是挺认真的感情了虽然还是没绕开他，甚至开始得有点骑虎难下被迫尝试的意思，但好歹是真在一起了。

才刚适应了两个人关系转变，尴尬慢慢减少，他就"大跃进"……

初见实在没忍住，补了句："可你也不能指望我没几天就和你粉丝一样爱你。不能慢慢来吗？"

厨房恢复了安静。

劫后余生，这就是他的感受。

检边林彻底洗完碗筷，擦干净，放进消毒柜，再扯过来擦手巾吸干自己手指上的水。然后，转过身微低头看着似乎离自己过于近的她。

他在想：要怎么说刚才的结婚那句话是冲动的产物。他虽然很想结婚，但他也有足够的耐心去等她，只是人都会有情绪起伏……

初见这个人最大最突出的优点就是耐心好，善于等待，所以说完那些话后就等着他做完所有的事……

她想：需要做点什么来给他信心。

可初见想了大半天也没敢动，也算是终于体会到了什么是"思想上的巨人，行动上的矮子"。

她视线从他的眼睛，到鼻梁，再往下，随后又不自然地移开……

检边林竟然会有种她想要吻自己的错觉。

可她其实没动。

他被弄得有些……右手胡乱从自己额前的短发滑过，捋顺头发的同时也算是在找一种方式让自己转移注意力。

衣袖突然被向下扯,眼看着初见仓促地踮起脚,凑上来——

检边林完全是慢了一百二十个拍子,手臂还抬在半空中,手指还在试图拨拉自己的短发,就这么被她的嘴唇软软地挨了一下自己下唇。

不太确定。

甚至他还在恍惚,有种错觉,她的嘴唇是有些湿润的……

这一晚,检边林才算真正体会到了什么叫"得偿所愿"。

一个小时后,早就在客房睡着的谢斌也算是真正体会到了什么是"生不如死",因为检边林自从回来后就在书房里用很大的音量在看电影,还全是枪战……

谢斌抱着棉被觉得自己快要崩溃了,他可是已经三十多个小时没有睡了的良心经纪人啊。要不是因为家里在装修想要来这里睡个懒觉,根本就不用挨饿受罪,还要负责手底下这个红得发紫的艺人的心理疏导免得影响到工作和生活……

本以为他去了半个小时还没被赶回来应该什么都解决了……

谢斌痛苦地低声骂了句,给童菲发了个消息:我给你发个大红包,你赶紧把这两个送作一堆踏踏实实给我结婚生娃。老子不让他走偶像路线了,就往未来的大叔形象一把手塑造……

发完过去,很快童菲就回过来:哈哈什么都好说,谢总。我就一个问题,检边林之前比赛那段绯闻我听说后来被人翻出来过,你可是花了大把银子强行压下去的,悄悄告诉我,到底是不是真的?

……

♡爱小情♡
chapter.06

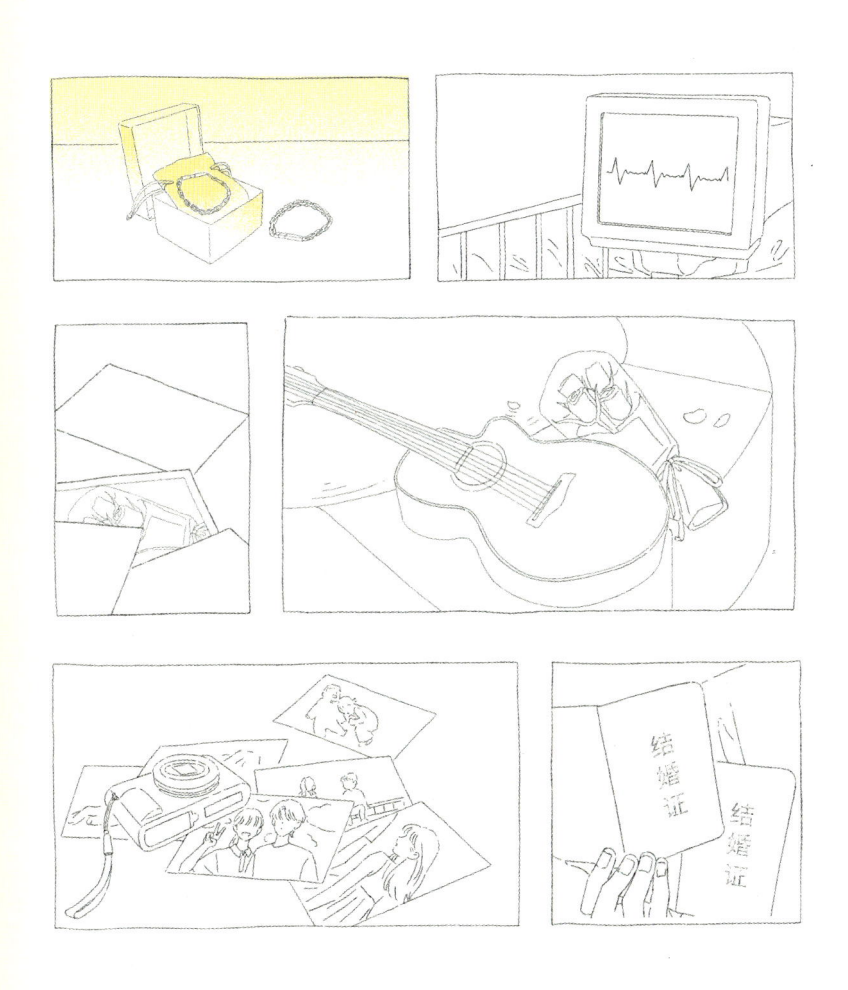

没在一起时,她也知道他忙,可也没料到他的工作强度会这么大。刚回上海没两天,又飞走了。

而他回来那天,初见恰好要去广州准备展会。于是检边林电话里和她核对了两人的航班信息,想在机场勉强碰一面。

他六点落地,她七点起飞。

本来时间就紧,检边林还晚点了,他赶到约好的某贵宾候机室,初见正坐在不起眼的角落,翻着手里的日文资料,一小口一小口啃着个半青不红的苹果。

"好吃吗?"他抽走还剩下小半个,已经露出果核的苹果。

"还行。"苹果有什么好吃不好吃的,不都是苹果味吗?初见没回过味来,眼看他下嘴,咬在自己刚吃过的地方。

"怎么了?"检边林奇怪看她。

关系变了,有些打不破的壁垒自然就消失了,比如,现在,他在吃她几乎吃完剩下来的苹果核。过去这世上也只有爸妈会吃她吃剩的东西,没有任何嫌弃。

身后几个工作人员和谢斌先后落座,背包该撂在地上撂在地上,给检边林打掩护,看起来这个角落更像是一组围绕着他的工作人员。

初见不自然地移开视线,看到墙壁上北京时间已经到了六点四十分。该登机了,她算计着时间。

检边林也看壁钟:"再坐会儿,三分钟。"

初见点点头。

八天没见的两个人,排除万难见到,反倒没了什么交流。背靠着他们坐着的谢斌忍不住又去掇弄烟盒。果然有成千上万的人,就有千奇百怪的谈恋爱模式。这两位,两两相望,哦不对,是一个望着另一个就够了……够磨人。

谢斌借着接电话,看了眼检边林的样子,就是因为这种神情他第一次碰到初见时,就知道检边林一定对这个女孩感情很特殊。

每次看到初见,他平时都紧绷的脸部变得很感性,压抑而极其复杂的情绪融在眼底眉梢,爱情,或者说,是比普通爱情还要有质感的沉甸甸的感情。

检边林从兜里掏出红色的小盒子:"圣诞礼物。"

"圣诞礼物?"她疑惑,"还有七天呢。"这么急做什么。

这几天没见,他就想离她近些,可远远还有不少陌生人。

只好趁着她拿礼物时,两指压住她的手背,还不敢久留,指腹擦着她手背上淡青色的血管,摸到突出的骨节,再到手指上,滑下来。

两人的手指交叉,轻轻磨蹭。初见目光闪动,手心麻麻的。

"想看你笑。"他不咸不淡地说。

……

挺无厘头的话,听得她有点摸不着头脑,也挺不好意思的,脸微红着,把小盒子揣进兜里,抄了包就跑了。可没溜出几步,初见又绕回来："你圣诞礼物等我从广州带回来啊。"

  检边林身体前倾着，手臂撑在屈起的两腿膝盖上，点点头，继续垂头啃苹果。眼看着她走了，也没看到心心念念的一个笑容。

  果核到嘴里被咬碎了泛出一点点苦味，他也毫无察觉，只是手指间她的余温尚存。

  刚在飞机上腹痛太厉害，下来了也没大好，就能撑着和她说那么几个字。他也知道自己有点闷，可真是半个字也挤不出了，怕她察觉。

  谢斌探头过来问他是准备不告诉初见？

  太疼了，不想动，也不想说话。

  他闷闷地应了声，扯过来谢斌的黑色羊绒大衣，盖上越来越差的脸色，再没力气动哪怕一下。

  检边林送她的东西是情侣手链。

  这个款式她见过，戴上去大小正合适，应该在店里调整过，卸了几节链结。以前她还问过童菲为什么明星都喜欢戴同款的情侣东西，不怕和别人重样吗？童菲的回答倒是一针见血，就因为重样的多，才不会被怀疑是情侣信物。因为大家都戴。

  过两天见到韩国品牌代表时，对方立刻眼尖认出这个款式，挺当红的一个韩国明星拍海报时也戴了。初见送人家回了房间，借走廊灯光，翻过来覆过去看了会儿自己手腕上泛着淡淡红金亚光的链子，还是忘不掉在候机室和检边林匆匆见的那一面。

  拨了电话回去，那头有空旷的回声："还没睡？"接通先是一句反问，有点严肃。

133

"你不也没睡吗？"初见反驳。

门关上的声响。然后他说："睡了，被你一个电话吵醒。"

她没吭声，还没等说你继续睡吧没什么大事，他紧接着又补了句："开玩笑的，我在看本子，没睡。"

她想了想说："我打电话是想问问，你想要什么圣诞礼物？"

检边林没回答，反倒语音转低："是不是想我了？"

"……"

"有一点儿？还是没有？"

"有——"初见本想顺着他说"有一点"，可话到嘴边咽了回去，打了个结巴改成了，"嗯，想。"

过了好半天，空旷的背景才传来他隐忍的轻微叹息声："睡吧。"满得要溢出来的情绪顿在这里，半响，重复，"好好睡。"

……

就这么句话。

害她整夜颠来倒去做了不少梦。四点多就醒了，眼睁睁看着天亮起来。好不容易等到七点多，算着这是他应该睡醒的时间，拨电话过去却是关机。

原本是想对他嘘寒问暖一下，没什么正经事，可这么一关机却是让初见慌了。因为他自从开始用手机这个东西，就初见所知从未关机过。一定程度上来说，检边林是个很严谨的人，不会让手机没电亲人找不到自己的事发生。

初见连拨了半个小时，猝不及防就涌了。

"喂？喂？初见啊？"谢斌笑呵呵的。

"检边林呢？手机怎么在你这儿？"

"他手机没电了,让我帮着充电啊。"

"……你骗我?"她直觉说。

"我骗你干什么啊?"谢斌乐了,"你这孩子真逗,他是手机真没电了……"还没等初见继续追问,谢斌自己就叹气推翻了口供,"算了,编不下去,他手术呢,刚开始半小时。"

手术?……

谢斌还在继续说着情况,初见脑子已经彻底乱了套,套上衣服就往外跑,在谢斌的一连串倾诉中,难得清醒地问清楚了地点和开始时间,挂了电话就订最快的机票往回跑。

检边林你个浑蛋。

什么都不说,闷死你,活该闷死你。

初见订机票时不争气地气哭了,一个劲儿抹眼泪,订票的接线员被她弄得蒙蒙的,末了挂电话前还很私人地表达了一下小姐你不要太过悲痛,什么事都能过去的。

过去什么,过不去了。

这件事从九月就开始折腾,一波几折,从感情到病,再到对过去两个人二十多年关系的重新审视,到关系硬扭成亲密模式,简直折腾得她都要怀疑自己二十五年零四个月的人生路了。不就是因为先是他爸工伤后是他这能要去半条命的病?

结果临到这时候了,他来了这么一出隐瞒不报。

检边林你个大浑蛋。

初见以为这一路会很难熬。

可飘着就过去了,当初见站在手术室外,仰头看着手术室灯还在亮着,心都快要碎了。

虽然还算是顺畅，可还是用了近七个小时。

手术还没结束。

短短两个月不到，她两次面对这种场面，在这一刻，终于体会到了虚脱的感觉。过一个小时，童菲也赶来了，仍旧是"手术中"。

初见红着眼睛，抓着童菲的手腕就说，我告诉你他要是出来我一定要把他打一顿，童菲我一定会骂死他你相信我……

到下午五点多，眼看天一点点暗下去，手术室的灯总算灭了。幸好，检边林没有检爸年纪大，身体素质也好，没去重症监护，直接被送进病房。

开腹检查了近十小时，最后终于被医生在胆管旁边找到个一厘米的瘤，压迫了胆管，主刀的人怕是恶性的，就以这个瘤为圆心切了一圈……总之，当人家把切下来的东西拿给他们看时，谢斌竟然还挺开心，觉得不是什么大事掏出手机就拍了张照。

初见看着血淋淋的一个东西，想着那是身体里切出来的就从骨头缝往外一点点渗着疼。手心有点后知后觉地冒冷汗，等到去了病房，看到他合了双目躺在床上仍旧在昏沉中的样子。

从广州赶回来这一路，到手术室外，到拉着童菲不停说的话都不作数了……我不骂你，也不怪你擅自做主。

检边林你赶紧醒过来，赶紧的……

医生探身过去，试图唤醒检边林。

在嘀嘀嘀的监护器声音里，初见紧张地站在床位，看着他，等待着，等他睁眼。慢慢地覆在他脸上的睫毛动了动，不太能睁开。

不只是虚弱，那从微眯的眼中出现的迷茫目光像是找不到家的小动物，摸不清自己是被谁丢在了哪儿，只是无助里寻找一点熟悉的东西。

当初检叔叔手术后是在重症监护，初见没见过人在长时间全身麻醉后慢慢清醒的样子。她有点……不敢动，生怕他找不到自己，她想如果检边林是试图找最熟悉的东西，一定是这里，自己站的这个位置。

果然检边林在看到她时，停下。

在几秒的犹豫后，他含糊着说："你不要……自己骑车上学，下雪……"

……

医生乐了，对众人解释：得，估计还糊涂着呢。

他迷糊着蹙眉，睡着了。医生告诉他们，他彻底清醒还要等上一段时间，现在麻药刚过，时睡时醒很正常。

总之没大事。

初见始终愣着神，从他说过那句话后。童菲也是担心检边林，挺认真听医生说完，点头哈腰一个劲道谢，从谢斌到助理再到童菲，几个人都是感恩戴德的，簇拥着人家医生出去了。

童菲回来时，初见依旧保持着原样，纹丝未动。

"嘿，嘿，想什么呢？"童菲五指胡乱在她眼前乱晃，"没事了啊没事了，养着就行。"

初见迟钝地看了童菲一眼。

谁都不知道检边林在说什么，太平常的一句胡话了。

可她知道。

那年冬天检边林高烧，她早晨五点多夯拉着脑袋困顿着爬起来，

137

就看到客厅里他虚弱地站着和爸妈说话,眼珠子已经是那种幽暗的黑,都没有平时那么亮了。他看见她出来就把检爸写的请假条递过去,当时说的就是这句话:"你不要自己骑车上学,下雪,路滑。"

检边林始终处于不特别清醒的状态。

谢斌还有工作,先走,两个助理和初见守在房里。到后半夜,初见睡不着,趴着,检边林约莫醒来两三次,她也不敢和他多说话,就在他看上去想倾诉时,问他是不是难受。

他最多也就闷着皱了眉心,一个"疼"字都没说。

凌晨三点多,他被疼醒了,动了下,趴在床边的初见就惊醒过来,睁着熬得满布血丝的双眼,盯着他。

检边林第一反应是:"……回去睡觉。"不能用枕头,刀口疼,各种不适让他嗓子干得像被砂纸打磨过,沙哑低沉。

初见挪动椅子,凑得更近。

她在夜深人静的病房里,背对着他那两个睡得死沉的助理,对床上的检边林露出了一个笑容,声音轻得只有两人能听到:"你不是想看我笑吗?"检边林似乎是笑了,抬了抬手指,想摸摸她的脸。

她悄悄将脸凑过去,挨上他微并拢的中指和无名指:"你快点好,听到没有?好了我再和你算账。"

这么磨蹭了会儿,初见怎么都感觉自己在和他演韩剧,再来点配乐和柔光简直了……她还想讲出来,哄他开心。可摸着她脸的那个人早就昏沉沉睡过去,只是半梦半醒中还在柔柔地用指腹摩挲着她。初见也没敢动,这么趴着,也睡了。

第二天撤了监护仪器，再隔一天胃管也拔了，医生说可以热水擦身。

初见也没多想，弄了热水来，还神秘兮兮地先把两个助理赶出去了，拉上床边的帘子，盯着检边林："我先给你脱衣服吧。"

检边林约莫扫了眼那盆热水，还有水中半浮半沉的毛巾，大概知道她要干什么了："你弄不了。"

"我能弄，"不就是……擦身吗？"那些护理也一直做，还不少都是小姑娘。"

检边林很清楚自己绑着腹带，要擦身先要解开它们，术后刚三天，这一步步她应该应付不来，也不敢下手。

不过……他若有似无地"嗯"了声："来吧。"

完全没了术后将醒未醒时的虚弱无助。

这个男人，劫后余生才第三天就收起了所有的软弱，眸光深得像一汪掀不起任何波澜的潭水。海会波涛汹涌，河会奔腾流淌，湖也会因风起浪，唯独潭水大多在山坳里，没风没水浪的源头，大多沉静见不到底，你总会想那水下应该有点什么东西。

初见有点恍惚，想到印象里他从和自己差不多高沉默寡言的小男生，到初高中慢慢变得让人琢磨不透，到现在的——完全不动声色。

她膝盖挨上床边沿，探手，摸到他病服的纽扣："那天，你醒的时候说了不少胡话，自己记得吗？"

"说了什么？"记忆是断裂的，并不清晰。

"你说……"初见抿唇想了会儿，兀自笑，"你说，初见我对不起你，我不该瞒着你做手术，我是浑蛋王八蛋。"

……检边林沉默。

139

还真信了？初见乐不可支。

"初见？"他叫她。

"嗯？"她还在为骗到他了高兴呢。

"这样不行，"他一手捏住她的肩，"你这样……我刚做完大手术，这样真不行。"

初见本来没多往那方面想，此时他胸前纽扣都解开两颗了，露出了弧度漂亮的锁骨……没来得及多想，初见就窘得退后两步，咬住嘴唇嘟囔了句"流氓"，再不理他，出去把助理叫进来了。

晓宇进来，摸了摸后脑勺："检哥，嫂子怎么跑了？"

"去叫护士，"检边林交代，"她弄不了，你更弄不了。"

晓宇"哦"了声，出去了。

没多会儿，病房的特护进来，熟练地给检边林解开腹带，用热水擦了身子。他还想着刚才初见听到那话立即红了脸的样子，觉得这一趟病得很值当，还没想透呢，伤口就钻了心地疼。

特护红着脸，轻声说："不好意思啊。"原来是穿上衣服时，手脚不太麻利，碰到伤口了。

检边林竟笑了笑："没关系。"

初见正推门进来，见到他这么笑被吓了一跳，又看那小特护脸红得很不自然，不免多看了检边林一眼。

嗯……不太舒服。

她又多看了检边林两眼，不得不承认，他哪怕不是个大众偶像，从小到大也从不缺人围着，那种棱角分明，鼻子是鼻子眼睛是眼睛的长相，最是招女孩喜欢。

检边林在医院住了半个月。

初见这个月展会逃不掉，只能广州上海两头跑，等展会结束，把日韩两国的商务代表都送回国，拿到了韩国那个品牌接下来三年的独家代理，日本的仍在谈判。

出院前一天，初见好不容易摆脱了广州的合作伙伴，跑回上海。

她下午到的，直接放两个助理回去休息，独自陪着检边林。初见是想他们很辛苦，他们是想初见估计想要"独处"时间，总之，走的时候一副"检哥终于熬出头把老婆盼回来了"的眼神，颇欣慰地撤了……

到晚上，初见看他下床要去洗手间，踌躇着问："要我帮你吗？"一句话轻飘飘丢出去，自己先窘了。

"怎么帮？"检边林好笑看她。

"……"

"我去洗漱，你想帮什么？"检边林倒是不依不饶起来。

她没吱声，在他进去后多打量了两眼，只觉得，似乎……他很轻松就恢复了入院前的样子，果然天生是吃明星这口饭的。

其实是因为今天她说要陪床，检边林特地洗了热水澡。

手术后除了擦身，这还是第一次从头到脚洗干净，助理不放心还反复和医生确认过有没有问题。

平时去机场都懒得多捯饬自己的人，反倒在医院里这么讲究，为此，谢斌在初见来之前毫无保留地嘲笑过他"为悦己者容"。

然而初见并不知道有这一层关系在。

他洗干净脸出来，还是老习惯，不喜欢用毛巾擦干净，脸颊边沿还有水滴流着，发梢也都湿漉漉的，衬得那双眼尤其黑尤其亮。

初见原本倚靠在自己要睡的床上，翻时尚杂志随时让自己保持在最少女信息的前沿……听到动静，她抬头，发现他站在自己面前。

她想起谢斌说检边林还弯不下来腰，立刻丢掉杂志，从床上跳下来。后来想想，不对，估计低头含胸的动作也难做吧？她指了指他的病床："你坐下，我站着，就能平视了。"

他依言，坐在病床边沿。

初见对他的态度自从手术后就有明显转变，这点检边林看得出来，可偏偏她这个月忙得翻天覆地。

就算他再想做点什么，都逮不到人。

好不容易，等到人家从广州回来了，还主动凑过来，要和自己平视着说话，他也没再去做什么"正人君子"。初见刚近前，他就凑近了去闻她脖子边，鼻尖堪堪碰上她耳垂那个小小的深蓝色的小耳钉。真是好看，从小就是，她对衣服和首饰的敏感度都超过同龄女孩，尤其不穿校服的每个周末，她总是最出挑又不扎眼的那个。

检边林额前还湿着的发梢擦过她脸侧，她缩了下脖子躲开。

这里可是病房。

他状似严肃，实则慢条斯理的，不像好人："大病初愈，有没有什么庆祝？"

"庆祝？"初见瞅他，还在调理阶段，"你吃不了太油腻的东西，海鲜也不行啊，怎么庆祝？"

直到温热的鼻息，凑近了。

初见恍然。

忽然想起什么，她推了推他，念叨了句："我最近好好研究了一下摩羯，你还真是这个星座的典型。"星座这种东西小女孩喜欢，他连真正有几个都闹不清，猜不透她想说什么。

"不过说摩羯基因好,好看的人特别多。"她又说。

检边林看她也不打算短时间内让自己亲了,伸手,将她脸边的发丝一根根捋到脸后,索性听她继续说。

"你听没呢?"

"听见了,"他低低地应,"你说我好看。"

……

初见其实想说的是:"我有件事和你说。"之前的废话都是铺垫。他没作声,示意她继续。

"在你手术那天我做了个决定,现在告诉你吧,"她和检边林简直是两种人,他是有话死活不说,自己呢就是想到什么一定要说出来,"之前是答应你要试试。现在……嗯,只要你不做对不起我的事,我以后都不会和你先提分手。"

她郑重其事地像把自己交出去的一番话说完,检边林却没搭腔。

初见有点儿,重锤砸海绵的感觉,撇撇嘴,算了,不和你计较。尔后,还很有逻辑地添了句:"如果你有天想分手……"

检边林慢悠悠地抬了眼皮,视线对上她的眼睛:"没可能。"

回话简单直接。

反正,初见是被这三个字戳到了。

检边林攥着她的手,拇指在她手背上轻搓着,节奏缓慢,带了点暧昧。他又想亲,可不知道初见还有没有大篇幅的话要说,有点没耐心地等了会儿。

初见看他也不作声,想到他刚起头说的那句,大病初愈要庆祝的话茬。脸热乎乎的,琢磨既然他是病人那庆祝这种事就该自己来做吧?想到这儿,她呼吸快了不少,往前挪了一寸。

检边林察觉了,膝盖分开,让她能站在他两腿之间,手臂环在她腰上,等着她。

直到亲上他的嘴唇。

初见脑袋发蒙了会儿,耳膜像蒙了层水雾,心跳声重而朦胧……

检边林就真的是……

这样不行,这样真不行。

脑子里虽然这么想,手却不受控制,摸到她耳垂后轻轻地用指腹摩挲着,不厌其烦,揉捏搓捻。

那小耳垂没多会儿就被他揉得通红滚烫。

初见浑身不对劲,声音小得都快被嗞嗞的热空调声盖过去了,憋不住抗议:"你老捏我耳朵干什么……"都有点疼了。

检边林嗓子有点干:耳朵好看。

他这撩拨的绝对是自己。

想了想,还是要循序渐进……

等检边林出院,谢斌才正式放了消息出去,说要休息一段时间。

一时间粉丝都炸了,各种猜测都有。

据童菲描述检边林都是"女友粉""老婆粉",如果真把手术的消息放出去,估计不知要有多少人午夜梦回心疼得恨不得替他受这么一刀……更何况这件事还要瞒着家里,也就作罢了。只是可惜了这么个颇热度的新闻点。

关于他粉丝的翻天覆地,初见也没太当回事。

她现在最需要操心的是今晚就会来上海小住的爸妈和检叔叔……

元旦前后检边林刚出院,不能回家,也不能说实话。检叔叔挺失落的,觉得这孝顺儿子都忘了老爸受了工伤也不趁着过节回去探望。

后来在初见爸妈的开导下,决定趁着检边林最近一个月都在上海"工作",跟着初见爸妈来小住一段。

于是,当初见爸爸在厨房忙活得热火朝天,妈妈陪着检叔叔从小区第一幢楼第一户女儿出嫁聊起,彻底打开话匣子后,初见给检边林打了个眼色:"妈,我想起来酒都在检边林家里,我们去拿。"

"去吧。"妈妈的声音从客厅飘过来。

初见把他推搡出去,反手,撞了门。

"我和你说,一会儿你爸让你喝酒,记得含着别咽,去厨房吐出来,我给你打掩护。"

元旦的规矩,儿子要敬酒,是检家万年不破的规矩。

从检边林五岁起就是……所以她最担心的就是这个,刚出院没十天,酒是绝对不能喝的。

对此,检边林也没表示异议。

实际操作上,也的确按照初见说的做了。饭桌上,初见妈妈一直给检边林添菜,顺便将刚才和检爸爸聊天内容画了一下重点:"小检……有没有考虑过,什么时候找个女朋友啊?"

……

初见攥紧筷子,检边林一言不发,没事人一样摇头。

"你不是很多粉丝吗?有没有年龄合适的,相处相处?"

检边林显然被呛到了,攥着筷子的手背挡在脸前,剧烈咳嗽了两声,牵动了伤口,难免拧了眉。

对急切盼着他结婚生子的长辈来说,"粉丝"这个词和"适龄女青年"差别其实不大……

"干什么呢?"检爸敲了敲桌子,"阿姨和你说话,还弄个川字眉,越活越没礼貌了。"

"我粉丝都是小女孩。"检边林稳下声,严肃回答。

初见妈妈遗憾地"啊"了声:"那天我去超市看到小检海报,还有几个和你差不多年纪的姑娘也看得挺高兴的呢。就没有适龄的?"

……

结果到敬酒前,两个人也没解释清楚身为一个演员为什么不能和粉丝在一起。

初见也由此明白,原来爸妈也是看娱乐新闻的……

等检爸示意检边林给长辈添酒,初见借故去了厨房:"我去看看汤。"进了厨房,她就凑在门边瞄看外头。

视线里,他离了座椅,拿起白瓷酒瓶挨个给三个长辈面前的杯里添了小半杯,最后酒瓶嘴对准自己的那个杯子,也倒了些。

祝酒词万年不变,十几年都是一个样子。

初见紧盯着他,等瞧着那白皙的手抬到脸边的位置,推了一下水池里的锅,"哎哟"了声:"检边林!快来,快来帮个忙!"

"怎么了?"初见妈搭了句。

"没事你们吃,检边林你快进来。"

检边林身影晃进来。

初见指了指水池,他低头,把嘴里的暗红色酒水吐进水池里。初见还看着外头,没人察觉到这个小猫腻。还好,还好。

"你没喝进去吧?"初见踮了脚,悄声在他耳边问。

温热气息顺着她的话音,轻轻重重地压过来,他微偏过头:"没。"

"那就好。"她舒口气。

检边林今天穿了件红色的拉链防风运动上衣,连帽的。

是检爸特地要求,说是新年新气象。

其实他很少穿这么鲜艳的颜色,可真是好看,初见鼻尖贴着他衣服黑色的金属拉链,想起公司里他的那几个铁杆粉丝说的话,这个男人穿起妖冶或是醒目的色彩最漂亮。

眼窝微陷,双眼皮,瞳孔黑亮,还有被红色衬得更显白皙的皮肤……

他忽然问:"看什么呢?"

"你穿红色挺好看。"她轻声回。

以前从没注意过他的这些细节。

初见记得过去问大学室友是怎么决定和她老公在一起的,还以为是什么惊天地泣鬼神的事情,没想到答案是:起初被她老公追真没什么感觉,直到有天,看到对方闷不作声在修自己放在课桌上螺丝掉了的眼镜。男人修,室友看,就这么被戳到了。

与之相比,检边林那天术后的一句话,也是这种感觉。

在他最虚弱无助、最不清醒时说出的那句话,仍是关于她。这就像一个破冰点,在那之后所有都不同了。

晚饭后，各回各家。

从检边林出院，两人晚上都习惯待在一块儿了，猛地这么被分开在一层楼的两户里，初见心里有点空落落的。

晚饭吃得早，陪着爸妈看了好久电视，再看表，才八点半。

她无聊地溜达到鱼缸前，也忘了今天早喂过了，随手抄把鱼食就丢进去，身后老爸立刻摇头叹气，说，难怪她最近养死了好几条，就是这么撑死的。

她狡辩两句，察觉到有微信进来。点开，是他。

检边林：我在楼道。

"妈，我去扔垃圾。"初见马上把手机揣进兜里，跑到厨房拎了垃圾袋就跑。

等撞上门，楼道的声控灯竟然没亮。

她把垃圾袋丢在自家门口，借着月光，绕到楼梯口，探头看看，就被人一把拽住手臂拉了进去。

黑暗中，贴上她鼻尖的嘴唇热烘烘的。

"你刚才在做什么？"初见做贼似的，悄声问，"我刚又去喂鱼，被我爸数落了。"

"不是晚饭前刚喂过？"

"是啊……"初见嘟囔，"就是不知道要做什么，给忘了。"

朦朦胧胧中，他看上去心情不错。

"你爸睡了吗？"她又问。

"没睡。"

"那你怎么出来的？"

"下楼跑步。"

"哦，"她笑，"那你去跑吧。"

这种口是心非的小催促特挠人，检边林也不作声，刚在房间里有点儿待不住，本子也看得不太专心，想出来溜达溜达，可走出门就发现最想做的事是见她。

四周除了月光就没别的了，能听到不知道哪层的人也开了楼道的门，还有脚步声，是上楼，还是下楼？

从楼梯间到楼梯间外，初见都在仔细听着，有点心虚。

脚步声越来越近，她浑浑噩噩地想着，完了完了。可转念又想到，检边林好像把这层的灯都关了。

两个人影，一高一低从检边林身后下楼，还回头张望了眼。

检边林用自己的整个身体遮挡住她，在四周恢复寂静后，手指开始悄无声息捻住她耳垂，指腹在耳郭后轻轻摩挲着，漫无目的。

他轻声说："人走了。"

她"嗯"了声，脸热乎乎的。

检边林挨过来："亲一会儿。"

……

结果初见回了家，初见妈瞅着初见总觉得不对劲，探手，摸摸初见额头："发寒热了？"

"没啊，"初见用手背贴自己脸上，"没。"

"这脸红得很不自然，她爸，你来给把把脉。"初见老爸过去学过挺长一段时间中医，总吹嘘自己医术多高明，也没管什么按着她的手腕就摸了会儿，半晌放心松手："没什么大问题，就是心跳过速。"

"怎么扔垃圾去了一个小时？"初见妈随口问。

"反正没事做，就绕着小区外边跑了几圈……"

149

这一晃，就过了农历新年。

检边林想要多见见她都不行，怕老爸察觉出来什么端倪。多年关系终于破了冰，他唯恐行差步错，这么一挨就直接到过了年，直接进组。初见在他离开上海那天，约好了，开检边林的车把他送去公司。

两人约了地下车库见，检边林先到了，开了暖风，给她先暖车。过了会儿，又觉得车里太热，温度调低了些。

初见从电梯间跑过来，一手按着包，一手按帽子，开门上了车还在小喘气："临出门，还给你爸弄了下 Wi-Fi，你家的端口不太稳定，我连了我家的。"

他点点头，双手扶着方向盘，将车开出去。

估计是温度太舒服了，初见没多会儿就眯起眼，再过十几分钟彻底睡着了。检边林余光里，看到她歪着头，靠在那里，有点……时空错乱的感觉。

高一那年春游归来，从头排到尾几辆大巴装满后，九班作为吊车尾的班级被零散拆开来，插入各班的车里。

初见和几个女生就被分到了一班的大巴上。

那是回来的晚上，夜幕沉沉，检边林作为班长配合老师清点人数，走到后排，看她不知是累还是不舒服，头靠上车窗玻璃，闭着眼。他犹豫着要不要过去拍拍她，问她到底困了还是难受，就这么一个小念头，站在旁边足足一分多钟。

当时他做了什么？好像是和隔着走道的一个班里男生换了座位，和初见隔着一个九班女生。两个多小时的路途，就在没有灯光的车内，在不太透亮的月光里看着她靠在车窗上，柔软的发丝就在耳后，短发，从小她就是短发，长一些就捋在耳后，短一些就经常睡得乱七八糟的，今天这里鼓起来明天那里压下去。

那晚，她睡得香，额头随着颠簸一点点磕撞玻璃……

不舒服，看她额头抵在那么硬的玻璃上就不舒服。

万一有急刹车，会磕到。

检边林趁着红灯，从后座够来个靠垫，推醒初见，递给她。初见有点茫然，直到他说垫着睡才明白。眯着眼笑了，把座椅调下来，搂着靠垫继续打瞌睡。

等开到地方，还早。

他安静地坐了十几分钟，打瞌睡的人终于醒过来，揉了揉眼睛："你怎么不叫我？"

"还早。"

"坐车里又不舒服，"初见解开安全带，"先上去吧？"

检边林两根手指敲着方向盘，有点，就这么上去了？是不是该表示表示……初见嘟囔了句流氓，指了指自己嘴巴，意思是：我懒得动，你自己来吧。

从确定关系到现在差不多两个月，有些东西习惯了。

比如他总喜欢抓紧一切时间和自己腻歪，初见对此还隐晦地和童菲讨论过，童菲的答案是，检边林一定是个未经人事的男人……可说了没多久，童菲又不太确定，和初见暗示当初检边林那个绯闻看上去真有点猫腻，连谢斌都没有很直白否认。

初见分了点神。

他揉了揉她的刘海儿，这次真是剪得太短了，发型师挺没品位。

不过……还是很漂亮。

检边林靠过来,挡住她身前的视线,嘴唇轻压在她唇上:"想什么呢?"初见"唔"了声,没机会说话。好几天没这么着,一见面就很是把持不住。

呼吸灼热。

初见"唔"了两声撞开他,往后缩了缩,眼睛都有点急红了:"外边呢啊……"每个字都带着淡淡的鼻音,真是躁得又想自己跳车,又想把他推下去。

……

封闭的车内空间,她的视线拼命错开他的,震耳欲聋的全是心跳。

老半天,检边林才敢将下巴搁上她的肩头,嗓音喑哑:"有点麻烦。"

她仍是心尖发麻,躲开:"……怎么了?"

"想结婚。"

……

检边林绕过大半车库,上了公司的车,谢斌问了句老婆人呢?回去了?他也没答。谢斌估摸着肯定"新婚燕尔"的分开不习惯,就放弃问了。衣服一盖脸,睡先。

到横店快半夜,亏得谢斌经常在这里和几个饭店老板都熟,进去了,大半个剧组的人都等着,开工饭弄在半夜也是没谁了。

检边林是电影咖,挺少来横店。

来了就开始拍夜戏,一个片场四五个剧组,这边在打斗,那边在上朝,远处还在宫斗,真是热闹得不亦乐乎。

身边,有人放了一个纸杯,倒了咖啡:"第一次在横店见你。"

检边林听着声音有点熟,抬眼,是她?

"好几年了吧,"阮溪眼里映着灯火,"你有点不够意思啊,检边林,当初也算是朋友。后来你经纪人每次都给制片人提要求,都是不能和我出现在同一组,搞得我挺没面子。"

检边林原本就穿着横店特别定制的羽绒服,从头裹到小腿,听了这么一串句子也没回话,把羽绒服帽子抄起来,戴上。

这么晾着人家,是他的常性。

最后连检边林助理都替人家脸上挂不住了,凑过来,打了个圆场。等人走了,助理晓宇还轻声嘟囔了句:"合着,连我们检哥不爱喝咖啡都不知道?还硬往上凑。"

助理拿着咖啡就走了,当垃圾丢了去。

阮溪说得没错,自从比赛后,确切说是去年检边林爆红,当初比赛时的照片被放出来。从检边林这里,一晚上就丢了几十万的红包压下这个绯闻,顺便有制片再来找,提出的一个条件就是同剧组不能有阮溪。

不过说是绯闻,其实也就是一组独处的照片。

比赛时一堆人热闹着玩,他还记得那天是初见生日,他拿了第一,想和她分享,可却一整天都找不到人。一时想得多了,喝了点酒,和她在背着人群的角落聊了两句,还都是关于初见的内容。

那晚被人逮着角度,拍了不少照片。

也不只是他和阮溪,那晚上还是散伙饭,大家都喝多了,每几个人之间都有交头接耳的合照……只不过现在就他红,自然爆出来的也是他的照片多。

检边林无意识地转着那个小尾戒。

谢斌打着哈欠过来。

不远处一个剧组在拍剧，放着大秧歌，大半夜的可抽风，谢斌听得龇牙咧嘴的："想什么呢啊？魂不守舍的？"

检边林卸了力气，靠着躺椅看远处风中晃着的宫灯："想我老婆。"

想听她的声音，

听她"检边林，检边林"地叫自己。

chapter.07

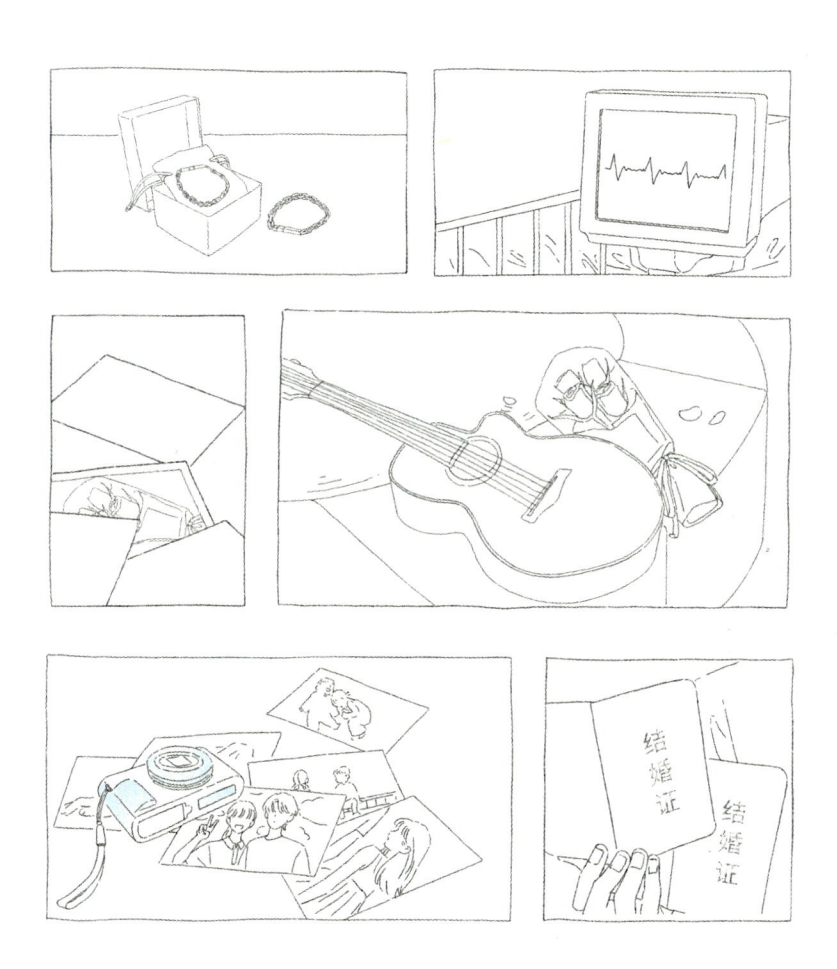

那双眼
动人

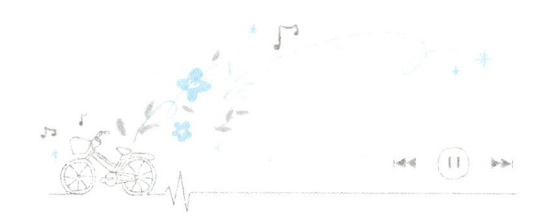

远处，大秧歌早就切换成舞曲，临近检边林坐着的执行导演一边啃着苹果，一边乐呵呵地给总导演唱着："你是我的老呀老苹果……"

不得不说这组人真是运气好。

检边林最红的时候，终于找了一部电视剧来接他落地，落到大众视野。谢斌更是用尽人脉搭建班子，从造型团队，到导演，到剧本，甚至后期都是从最好项目挖角预定的，全顶级制作。

明年的剧王，没跑了。

还没拍，两个电视台的黄金档就买下来，开年档大戏……

执行导演还在感慨着自己运气好，碰上顶级班子，就看到已经结束今晚戏份的检边林从躺椅离开，进了保姆车，没多会儿就卸了妆，离开保姆车。

他把灰色毛线帽拉低近乎遮住眉眼，外衣领子竖挡着下半张脸，一低头就钻进了小车里。

执行导演招手，问跑过来的助理晓宇："检边林这是去哪儿啊？"

瞅着不像要回酒店。

晓宇嘿嘿笑："导演你怎么这么八卦啊？"

导演照着晓宇后脑勺招呼过去一掌："怎么说话呢，没大没小的。"

……

157

还担心他是不是拍夜戏太晚,结果,担心成真,三点多,检边林电话来了。初见怕爸妈听见,蒙在鹅绒被里和他微信视频。

不过半分钟,屏幕上就有了水雾,她擦干净。手机摄像头里的画面略显失真,车里光线又暗,那双眼底的黑白并不分明,更显深邃,倒看得她先不好意思起来:"我明早还去店里呢,睡了啊。"

等断了连线,初见掀开鹅绒被,还在七荤八素地想,怎么过去没发现他这么好看……

第二天是新年后美甲店第一天开工。

初见的美甲店都是从下午开始对外营业,直到半夜,都是两个美甲师傅自己看店。上午不开放,除非是刚好有日韩老师来讲课一周,这里才会接受预约,一般是初见自己看店。

今天早晨韩国老师刚飞到,时间就被童菲的那个朋友谢琳琳定下了,不止她自己来,还带了两个陌生人。

谢琳琳介绍是艺人经纪和个女演员,初见瞅着面生。她帮老师和她们沟通两句,就躲到角落沙发里,困顿地翻着杂志,做笔记。

三个客人里,只有谢琳琳是初次弄眼线。

"到底有多疼啊?"谢琳琳忐忑问她。

"不是很疼吧,"初见自己没做过,"好多客人做过了,我看上去应该不太疼。"

"不疼,麻麻的,一会儿就过去了。"女演员笑。

韩国老师恰好试机器,发出让人起鸡皮疙瘩的小电钻声。

谢琳琳打个激灵:"真不疼?"

那个艺人经纪也笑起来:"真的,真的,你就相信我们吧,我下午还约了九院的去做双眼皮呢，你这么点痛都忍不了啊？"

于是在韩国老师准备时，那个准备做双眼皮的艺人经纪翻了翻手机里的照片，存了不少，滑过去挨个和初见聊。到末了，竟来了句："上次我挂号，给医生看的是检边林那种双眼皮，医生非说做不了，做出来也不自然。"估计是因为检边林太红了，艺人经纪自然以为，只要提到这个名字是个人都知道……

谢琳琳尴尬地对初见打眼色，她发誓，她没泄露过半句。

初见右手不自然地抓了抓自己的头发，"嗯"了声。

她自己就是做修容美甲这行的，说规范些，检边林的双眼皮，也就是"重睑"是老天爷赏得好，从内眦向外离开睑缘，由窄变宽。

广尾型。

通常这种重睑会很妩媚，幸好，他重睑间距大，媚气会减不少……

初见咳嗽了声，继续翻书。

她为什么要仔细回忆他的眼睛……

那边，谢琳琳挑好了想要的眼线形状，机器开动。

人和人的痛感真是差得十万八千里，半分钟后，谢琳琳就在机器声中开始拼命流眼泪："天啊，天啊，不行，不行，我要休息，我眼睛超级敏感。"

韩国老师被逗笑，关了机器，让她休息。

谢琳琳眼泪珠子不受控制滚下来，还不敢擦，用餐巾纸小心翼翼从眼下吸着泪水："天啊，她刚用手指碰我就想躲，就别说机器了，太可怕了……"

谢琳琳正哭诉得起劲呢，倏地收了声。

159

因为有人进来了。

初见听到门口铃铛响动,奇怪怎么会有客人来,抬头去看——

那个本该在横店拍戏的男人从两级台阶走下来,估摸是没想到有认识的人在,神情略意外。原本还嚼着口香糖呢,难得的笑容都隐去,目光沉静下来,对谢琳琳象征性点下头。

初见抱着杂志:"你不是,在横店吗?"

"嗯。"这就是他的回答……

天啊,她几分钟前还在假装不认识他,初见都不敢看旁人的脸,丢掉书,匆匆用韩语交代了老师两句,拼命打眼色后,自己先跑进内间库房。检边林表情寡淡,随手抽了张餐巾纸把口香糖吐出来,丢进垃圾桶后,一路目不斜视跟着进去了……

直到两人先后进去,撞门,落锁。

那两个猛给谢琳琳打眼色:检边林?

谢琳琳一个劲作揖:千万保密啊……

隔着一道门。

初见背靠着货架,拼命压着嗓子:"你不是要拍戏吗?不是要拍四个月吗?不是说中途也就回来几次吗?"

仓库没有窗,常年锁着,空气不太流通。少许闷。

检边林坐车赶了好几个小时回来,虽然在车上也睡了,可终归不如床上踏实睡一觉能解乏,太阳穴闷闷地疼,可一解相思后的畅快倒让他心情不错:"今晚是夜戏,中午再赶回去来得及。"

初见被震惊。"……你不累吗?"

检边林笑。

他顾及外边有人,也估计初见脸皮薄,就没做什么,双手撑在货架上，尽量迁就她的高度，用自己的额头轻蹭了蹭她的额头："我昨晚想你，估计也睡不着，就回来了。"

安静，也温柔。

初见浑身都暖洋洋的，从心里冒出来的热气，到手心都热乎乎的。就十几个小时没见，弄得倒像半辈子。

"你这样不行啊，"初见轻声说，"这样多累啊。你要想见我……可以告诉我，我去找你啊。反正我有人看店，公司也不用常去。"

他眼神有些潮，安静地看着她。

"那……我准备两天，去横店找你吧？"

检边林还是没出声。

"要不，今天也行……你身体刚康复不久，我也想着闲下来就去照顾照顾你的，"初见又算了算时间，"等外边几个人弄好了，我和老师交代下，没什么大事就能走了。"

他轻声打断："你会不会觉得我总想看到你，很烦？"

烦吗？完全不。

刚才接吻的时候还觉得他整夜在车里闷得一身不知道什么的怪味道实在是……好闻得不行……

"那你好歹让我回家，收拾下衣服。"她顾左右而言他，后知后觉看到检边林竟穿了红色衣服，瞄了他一眼。

检边林完全是"你喜欢，所以我穿"的坦然，反手，拧开门，倒退着走出去，就为能一直视线不离开她。

初见被他看得心都要化了……

自从检边林出去，谢琳琳仿佛被打了强心针，全程搞定眼线和眉毛,也不叽歪了,也不流泪了,也不矫情了,始终魂游天外状态。拜托,检边林到底在干什么?不是应该在拍戏吗?他端了杯水监督自己弄眉毛究竟是怎么回事……

另外两个明显识相了,拼命表示完全没任何特殊要求,让初见不用陪在这儿,赶紧走,赶紧走……

初见也觉得放检边林坐在店里用目光审视人家艺人和艺人经纪文眼线,简直是酷刑,太尴尬了。她和老师交代了几句,又打电话让店里美甲小师傅早些来看着,就和检边林马上走了。

车开回小区,迅速上楼收拾行李,顺便对爸妈扯了个要出差的谎,拖着行李箱下楼,出电梯,钻进车里。

一气呵成,最后,检边林没忍住,在后门还没关上时,就扯过来,把她抱进怀里。

初见眼瞅着车窗外,买菜回来的检叔叔探身过来,大白天见了鬼的表情看着自己两人,马上挣扎着,反手将检边林紧紧回抱:"不伤心啊,不伤心,不就是失恋吗,我这就去横店陪你……"

……

小区外马路上的汽车喇叭声此起彼伏的,急躁得要命,估计又堵上了。大中午的,堵什么车呢……

"乖点,别闹了。"他轻拍她。

检边林刚看到老爸也是愣,还犹豫要不要先扯句什么带过去,让老爸别穷追猛打地问。可初见这么一折腾,倒是被逗得不行……

初见很清楚自己比那掩耳盗铃的还不如,脸埋在他肩窝:"你也别当面拆穿我啊……怎么办？"

"什么怎么办？"

"我都不敢看你爸。"这才是重点。

"不好意思就别看，反正他最喜欢你。"

初见闷闷摇头。

检边林透过半开的车窗，和自己老爸对视，意思是：没错，初见以后就是您儿媳妇了。

检爸正琢磨俩孩子这抱来抱去的闹什么呢，是不是被抓包初见不好意思啊？要不要回避一下……再看儿子这信号，定心丸立马下肚：好儿子，有出息。

他又对老爸打个眼色，意思是：她不好意思，您好歹给个台阶。

检爸眼角的褶子里都满溢着惊讶过后的喜悦，心领神会，笑呵呵地看着埋头在检边林肩上不敢抬头的初见假模假样地摆了个家长的架子："你这俩孩子也真不懂事，哎，别急着走，上楼说说吧。"

说完，掩饰不住满脸笑意，倒背着手进了楼门。

于是初见不得不下车，和检边林亦步亦趋地跟着检叔进了楼门，再进电梯。她站在靠后半步的位置，在电梯门打开后，揪住检边林羽绒服的边角，愁眉苦脸看他。

后者倒是坦然。

进门后，初见爸妈听检爸三言两语分享喜讯，都诧异看着初见。三个家长都没想到，突如其来的就是最好的一个结果，多年交情变亲家。三人往沙发上坐一排，笑呵呵地看两个站着的人。

初见背靠着鱼缸，抿了抿嘴角，放松开，瞄检边林……

太知根知底，初见妈妈发现自己曾经畅想的日后如何初次审讯女婿，从家庭背景到教育程度，甚至连去验证大学毕业证书是不是仿造的门路都摸清了的那些提前准备的经验……全没用了。

最后，初见妈妈只是欣喜地"嗯"了声，由繁化简来了句："你们怎么打算的？准备什么时候办喜事？"

"妈，"初见觉得要不是玻璃够坚硬，自己都能把鱼缸压碎了，"妈……"结果叫了两声妈，愣是挤不出多余的话。

房间里，静悄悄的。

静悄悄的。

"检边林。"检爸面色难看。

接下来一串全都是忍不住蹦出来的广东话，大意就是：

做明星做久了，花花肠子也多了，初见爸妈都在这儿，竟还不给个准话。我和你说检边林，你要是有半分随便的心思，以后就别回这个家了，老爸你也不用认了……

初见听得猛低头，指甲不停抠身后的鱼缸玻璃。检边林从头听到尾，到最后，趁自己老爸端起茶杯润喉的空当，回复四个字："我听她的。"

好孩子。

三个长辈齐齐露出笑颜。

既然孩子都这么说了该放手就放手嘛，如今讲究自由恋爱，于是，散会。

当然，还有依次的例行公事.

检爸拉着初见的手一个劲表达自己极其欣慰，让初见放心嫁过来以后就和过去没两样，绝对最疼爱的就是初见；初见妈同时将检边林叫到厨房，不停说初见从小就是人小鬼大，爱使小性子，当然这些也不用自己交代，检边林从小也都担待不少了。

在这浓郁的，即将看到"抱孙子"美好前景以及两家人终于"亲上加亲"老了以后完全可以合住一套房子带孙子的欣慰氛围中——

初见尴尬得头皮发麻，半个字也说不出……

再回到车上。检边林回想刚刚顺利的公开过程，右手臂撑在窗边，用手背挡住下半张脸，在笑。

"你是不是在笑……"

检边林点点头，又忍不住笑了，这次还出声了——

他从裤兜里摸出张存折："我爸给你的零花钱。"老头子也真是大方，直接给了十万，估计一辈子也就存了二十几万，知道儿媳妇是初见，半数家产都舍得拿出来。

她："……不要。"

检边林："哦，那我还给他。"

初见白了他一眼，从检边林指缝里抽出卡，收好。就当先替检叔存着，免得检叔一伤心和爸妈倾诉又要被教育。

六点进了横店，在酒店大堂办完手续接近七点，还是老规矩，谢斌的房间让给初见。总结来说，谢斌在检边林他老婆这件事上完全没任何原则和脾气，谁让人家是检边林的老婆呢……

虽然投资了童菲的影视工作室，偶尔也和她见几个圈内人，但演戏这件事对初见来说还是陌生的。她坐在保姆车里，看化妆师一丝不苟为检边林上妆，颇是好奇，直勾勾看了好久。

最后，检边林都察觉到她盯着自己，脸不能动，瞥她那处。

她咬咬嘴唇，笑了。

检边林看到她笑得那么美，忍不住扬了嘴角。

初见看他那表情，脸有些红，扭头看窗外。

……

这就是化妆过程中的常态，以至于化妆师完成任务从车上下来，蹲在旁边和谢斌抽烟，还在嘀咕："得，看检边林和他老婆，我都想找个女朋友处处了。"谢斌掐灭烟头，嘿嘿一笑："是不是特腻味，你一眼我一眼的，特纯。"

化妆师摇头："是啊，那股子纯情劲让我直感觉回到斜挎包抄作业的青春期，上世纪了都。"

谢斌乐得欢："你还真别嫉妒，人家那还真就是初恋。"

车下边两个单身男人对视一眼，千山万水，万水千山的感慨啊，继续闷头抽烟。

车上，初见凑过去和他说悄悄话："刚谢斌说，也就在横店拍两天，这里就搭了一个寺庙的内景？和一个小旅店内景，然后就要去特穷的地方了？"

他解释："这故事从高原到尼泊尔，再到印度。大景会取几个真实的，其他都要找地方搭景。否则预算不够。"

"那我过两天回上海，多屯点东西先快递过去，免得你没的吃，营养不够。还有用的。"她在盘算。

检边林摇头："你不用去，太辛苦。"

"你是病人都不辛苦，我辛苦什么，"初见又想起什么，摸摸他的头发，"谢斌还说你演一个出家还俗的和尚，中间还要剃光头的？"她在想象他剃光头的样子，想象不出……

但是光看现在的妆面，还有丢在一旁的衣服，就能看出来，他这次演的确实是个颠覆性角色。

他"嗯"了声，想了想，眉心微拧："忘了告诉你，一会儿有吻戏。"

初见心里咯噔了一下："很正常啊，现在哪个电视剧没吻戏。"

检边林摸摸她脑后，没敢说，其实不只是吻戏。

等进了搭建的片场，是个颇有异域情调的洗衣房。

那半边灯光下，镜头里是洗衣房一个角落，洗衣机上还铺着花里胡哨的毯子。工作人员还有闲杂人等都在灯光架后边，或站或蹲，轻声闲聊。

初见坐在角落的凳子上，看着执行导演给检边林和女主角讲戏，现场让检边林抱着人家女演员坐上洗衣机，大意是一会儿要很有男子气概地抱上去，热情拥抱抚摸，深吻——

按导演要求，他将衬衫领口扯开些，衬衫下摆从裤腰中拽出来半截，再把衣袖卷到手肘上。

初见虽听不到执行导演的话，约莫从检边林的动作也看出来，这是一场激情戏。她从发现这点，就寻思自己是不是要回避下。

最后，检边林挺认真地给了三点建议：

第一，这片子一定会卖到黄金档，黄金档审片都严，所以从大腿摸到内侧就可以省了，拍了也播不出；

第二，如果要有碰到胸的镜头，借位就行，顺便为了尊重女演员，一定要在胸前加几层海绵垫；

第三，吻戏……还是借位吧，含蓄美。

女演员感激得要命，让助理去找垫胸的海绵垫，还在轻声表扬：

"还是检老师专业,前几天那个吻戏就让我拍了一天。还硬说想重拍没感觉。"

检边林趁着开机前的准备空隙,回到她身边。

他穿着鞋底坚硬的黑色军靴,粗糙料子的卡其色长裤,米白的衬衫,从领口处敞开两粒扣子,露出白皙的脖颈和锁骨。

羽绒服披在肩上。

虽是清楚他这剧里演的是个前半生恶人,后半生才改邪但没归正的警方地下行动组组长,可在片场,看刚才那预演的戏,再被他低头看着,怎么都有种身临其境感。

那种游走在生死边缘线的压迫感,完全不是平时的检边林。

或许这就是一个演员的素质,进了片场就入了角色。

晓宇给检边林倒热茶,他捏着纸杯瞅她:"一会儿,你出去走走。"

初见怔了怔,懂了:"啊,好。这里好冷,我出去走走。"

检边林压着嗓子,意外追了句:"剧情需要。"

"嗯嗯,知道了,"初见窘得不行,小声说,"我能理解。"

不就是激情戏吗……

检边林想着不行,还是要说几句,再解释解释清楚。

初见已经跑了……

她回到车里,实在无事可做,摸出指甲钳和指甲锉,开始剪指甲。啪的一声,啪的又一声,怎么都觉得心里慌慌的。

放下来,张望了一眼大门,低头继续剪。

没多久，童菲就带着林深来了，上了这辆只有初见在的车。林深的角色虽然要进偏远山区才会开始，但这么重要的戏又是新人，提前进组准备是必需的。童菲从冰箱里拿出罐可乐，丢给林深："看看吧，当作激励，以后你红了，咱们也能有这么辆车，未来的林老师。"

林深含蓄笑笑，低头，啪的一声打开拉罐："我和检老师在这部戏里是生死兄弟，有机会，能不能提前和他对对戏？"这没红的小鲜肉还挺敬业。

"他档期很满，中间还要抽空去拍广告，录节目，提前对戏肯定不行。"童菲盘算，"你好好背你的台词先做好自己该做的，尤其是人物小传好好问编剧讨教讨教。检边林每次拿到主演的人物小传也就一千来字，自己都能补充几万字，把这个人当成是自己，从剧本蛛丝马迹捕捉成长经历，慢慢这个人就是你了。做到检老师那样，和他对戏你才不会怯场，起码要和他一样敬业。"

这么一长段话林深听得认真，初见也听了进去，这还是童菲头次说到他身为演员背后的这些事。

"你能和检老师合作要珍惜，他这人特正，戏路也广，"童菲还表扬起来没完了，"就记得，他不红的时候接受采访，和红了完全一个路子。而且红了以后更清醒，谨言慎行的。检老师这个人啊，林深你要多学学，红了就膨胀的人太多了。"

林深羞涩笑："我最近都在看检老师的访谈，特佩服。"

两人你一句检老师，我一句检老师的，弄得初见很别扭："你俩能别夸了吗？"

"还不好意思啊？夸怎么了？我还想把他给供起来呢！我童菲这

169

辈子还没抱过男人大腿,没想到硬是抱了你男人的大腿。他这强行带林深出道,真是纯粹,纯粹,纯粹帮我们啊,这我可不糊涂,清楚得很,全因为你是工作室股东。"

初见愣了下,先前倒没想到这一层,还以为谢斌是真看好童菲工作室资源。可这么一说还真是,工作室能有什么资源让谢斌不得不要?

初见将这件事回过味来,后知后觉地被触动了。

童菲搂住她脖子,闲聊着:"刚我跑过去看了眼,检边林这次颠覆好大啊,看剧本还体会不深,看现场简直了。一个禁欲系的演员,突然演荷尔蒙爆棚的男人……这效果,叠加双倍啊。"

不就是……激情戏吗?

刚触动的心软的初见,又开始心情低落了。

童菲幸灾乐祸,逗她:"原著小说我看过,激情戏可多哦。谢斌要公司上市,爆几部大戏是必需的,也算是检边林给谢斌的回报吧。"

初见没出声。

"吃醋啦?"童菲眼看初见小表情不对,嘲她,"你就别醋了,我可不敢让你误会。人家谢斌公司是投资方,话语权大,激情戏早删没了,纯粹一卧底反卧底的片子。今天这场是昨晚导演看完小说实在想拍,临时加上去的,估计也拍不成……刚我去看他们还没拍下去呢,都在那和导演探讨怎么解决呢……"

好可惜啊。

要是检边林真露出个不借位的正脸吻戏,想都不用想,这剧直接网络营销就会爆到疯,收视率破二那是保守估计,破三指日可待啊。当然,童菲对检边林能真正拍吻戏已经不抱任何希望了,他压根儿走的就不是当红小生的路子。

童菲感慨万千,万千感慨,无数话在心头绕了好多圈,最后兜回来,简化成了:"真是……好浪费啊,那么一张脸。"

童菲硬要拉着初见去看。

初见悄悄进了棚,检边林正站在洗衣机前,单手撑在墙壁上。

他腰胯倚墙,背对镜头,在阴影里活动了一下手指:"辛苦了。"他向对方点头,表达歉意。

视线移上去,看洗衣机后的一点位置,脑子里开始顺今天还需要演的场和那些台词。

摆姿势借位,真是比真演还累。女演员是靠着副导演亲手一点点摆出来的诡异激情姿势,也是觉得太逗了,真没这么拍过戏。

检边林这哪是不接吻戏啊,简直避女人如洪水:"可以理解,检老师本身也不是演偶像剧的人……"连洗衣机都是她在助理帮助下自己爬上去的,某种程度上来说,检边林还真是保守的绅士范十足。

换个角度看,却也太不绅士了。

很好,开拍。

初见远看着,只能看到检边林背对自己俯身……嗯,她努力想看清,看不到,位置太隐晦了,全被他高大的身体挡住了……

然后就这么一个镜头,结束。

检边林没发现初见又回来了,开始让工作人员清场。不必要的工作人员都陆续离开,驱赶到初见这里,初见踌躇着,不知道是什么戏份啊,还要清场……正要配合再次离开,被谢斌一抬眼看到,拉住了:"欸?跑什么啊,检边林他老婆。"

171

"……你们不是清场吗？"

"是啊，那是清外人，有些镜头外人不能看啊，"谢斌压低声音，"你不是自己人吗？不看白不看。"

……不想看。

初见想走，因为她已经看到检边林开始解衬衫了。化妆师在补妆，他自然看不到角落里光板后躲着的初见，还在低声和化妆师交代什么。

谢斌偏拉住初见，顺便抬高声："温水，别凉水啊，这还是病人呢。""好嘞，谢总，记着呢。"化妆师接过助理手里的小喷水瓶，背对着她脱下来，初见心突突了下，瞄女演员，那边也要脱吗……

这么激情啊，能播吗……

肯定播不了，要被剪。都要被剪了，还拍什么，浪费资源吗？

初见腹诽着，检边林的线条流畅的背脊对着她……化妆师往他背上喷了些水，弄成汇聚成流的汗滴形状，还有发梢……

然后，过去，连女演员都不需要，就着位置，两腿分开，身体微微下俯前倾，拍了几个镜头。随后胯抵墙壁，又拍了几个镜头。

搞定……收工。

欸？这就结束了？

晓宇拎过去条浴巾就给他裹上，随手是羽绒服。

检边林又接过小毛巾擦着头发，这才注意到躲在人群后谢斌身边的初见，径自走过去。还在思考刚才要解释的话，关系谢斌公司融资上市……

"你这就拍完了？"初见仍旧不太确定。

"差不多，"他仔细回忆，一个类似俯身强吻镜头，还有模糊背影，差不多，"应该不需要补拍。"

检边林完全理解错了她的意思，还在解释这几个简单够不够撑个朦胧的激情戏。

"那，他们清场干什么？"

检边林拉开浴巾，露出手术伤疤："这件事不能被曝出去。"

原来，是为了遮掩手术伤疤的事。

毕竟是没有取暖设施的片场，哪怕温水，也转瞬即凉。回到车上，开火热柠檬姜茶，火速递上来暖身子。洗干净手脸，晓宇还想问要不要多加几片柠檬，人就被谢斌拎走了。

车门一关，内外隔绝。

检边林手脚都冰冷冷的，刚为了和导演探讨出来一个可行性方案可真是费尽了力气。又要让导演感觉受到了尊重而不是他在耍大牌，又要过得去自己这关——

初见拨弄着茶壶把手，啪嗒啪嗒地响。过了会儿瞄他一眼，迅速移开，没几秒又望回来："问你个技术问题？"

"嗯？"

"你刚才吻戏是借位的吗……"

略烫的茶囫囵吞下去，烫得舌根疼，他隐隐笑："也算，也不算。"

初见瞥他。是就是，不是就不是，还有模棱两可的说法吗？

检边林放下透明小茶杯，膝盖分开，身子向后挪，将她拉到自己身前，让她挨在自己身前蹲着边坐下："我给你示范。"

示范？

检边林拉开抽屉拿出包湿纸巾，擦干净几根手指后，将纸巾揉成一团丢入垃圾筐。

"这样——"食指挨上她的唇。

然后,嘴唇也跟着贴上去。两个人隔着他的手指挨上。

碰到的瞬间,初见心坠了坠,这和没隔着有什么分别吗……

"没可能。"他突然,低声笑。

掰开手指,毫无阻碍地吮上她的嘴唇。

怎么可能?

就想亲她,从小到大只有她。

手去抚她的耳垂,小耳钉后冒出来的金属尾端划着他的指腹,或重或轻,感觉到那小舌头在试图很开心地和自己搅弄在一处……淡淡的柠檬姜茶香味在两人舌间辗转,顺着喉咙口下去。

手落到她背脊后,来回重重抚着。

还有一层。

他:"什么?"

初见喃喃:"……吊带,背心。"

他:"哦。"

下摆扯出来。

一个渴得话都说不出来的人终于跋山涉水找到了救命的水源,检边林终于找到想了许久的……

喉结不自觉地微微滑动了一下——

真是要命,

这可是比温水喷在背脊上吹冷风要命多了……

谢斌正察觉又有艺人经纪买水军黑检边林,在那边和宣传公司吵架,车门被打开,检边林拎着羽绒服就跳下来了。

"完事了？"谢斌措辞毫不讲究。

检边林在黑漆漆的夜色中，瞅着他，瞅得他直接发毛。稍许停顿后，套上羽绒服，自己去冷静了。

谢斌看他背影，心里一个劲忐忑，这又怎么了？祖宗，你谈个恋爱老子都跟着坐过山车。

谢斌心里这七上八下的，堵上一口气，直接开骂了："什么热度，老子用得着他们给我热度吗？你不知道我家检边林是易燃易爆品吗？有点蛛丝马迹能连着被挂好几天。又不是网红，没品，消费过度对他作品不好知道吗？赶紧地给老子撤热搜。"

检边林漫无目的地走了出去，在附近的马路边溜达来，溜达去的，羽绒服帽子也戴上，挡着，看着和横店里任何一个剧组出来的小配角没什么两样。最后，跨坐在路边一块石头上，看来往车辆。

乱了套了，刚才。

很多事，初见都不知道。

那些年少时愚蠢的事，自以为能瞒过所有人的眼睛，唯独瞒不过十几年后回头去看那岁月的他自己。

高一不比初中，初中放学她都会等着自己回家，到了高中自然就疏远生分了。那时候一班和九班在走廊一头一尾，各自挨着教学楼两侧的楼梯。他见不到她，就每逢体育、生物、计算机课，抓住任何离开教学楼的机会从九班的楼梯绕回来，想着，能有机会看她一眼。

运气好，十次有一次能碰上。

高一校运动会，也是两个班坐在看台一头一尾，他还记得清楚，自己特地坐第一排，想看她跑四乘一百米接力赛。她背上用曲别针别着号码牌，和两三个女生大冬天地穿着短裤，哆嗦着一溜小跑从自己面前过去，很惊讶地丢了句："检边林，你这么高坐第一排不怕挡着别人啊？"说完也来不及等他回答就蹦着跳下台阶去跑道了。

......

检边林右手手掌压在额头上，忍不住，笑了。

接下来在横店的戏都拍得很顺利，检边林过去也不拍爱情戏，所有角色不是兄弟情就是自我内心纠结的心理变态，总之，因为过去的印象在，导演和合作方也不觉得他不喜欢拍这种亲热戏有什么不对。

这就是所谓的，形象树立得好......

这里的戏差不多五天就结束了，接下来直接去了边远山村，和横店的酒店完全没的比。什么大明星啊导演啊，还是小配角啊助理啊，住的房间压根儿没区别，最多是几个人合住和一个人单住，连热水都每天只有两个小时。

最惨的是房间不够。

初见作为检边林的"老婆"，直接被安排和他住一间。看人家女主演都是一个人和助理睡，初见总不能要求她一个来陪的人要单间吧？

当然，就算想要单间也没有。

初见自从进了这间房，看到那个加大码的单人床就开始紧张。

紧张了大半夜，到两点多终于抱着杂志睡着了。

一豆昏黄灯光里，隐隐有个人影靠近。检边林将外衣脱下来，丢在墙角的小柜子上，脱了鞋上床看着抱着杂志半靠在床头的初见，慢慢俯身，一米八几的大个子蜷起来，背脊贴着墙，脸贴着初见棉被外的大腿位置，搂着她的腰，合眼就如此凑合着睡了。

到半夜，初见喘不过气，总感觉被东西压着，恍惚醒来。

手指动动，就能碰到他的短发，心蓦地打了个战："你怎么不盖被子啊？"检边林被吵醒，不想睁眼。

你怎么不盖被子啊？

他恍惚回到小时候，六七岁？父亲半个月不在家在舟山，他寄住在他们家，总是有个特烦的声音在他午睡时，反复说，我妈说不盖被子会着凉的，你怎么不盖被子啊。他听烦了，翻个身，蜷起身子继续睡，没多会儿带着她身上特有的香皂气味的小棉被就被盖上来了。顺便再很烦地加上句：我妈说会着凉的。

……

他带着蒙眬睡意，这么躺了一个小时腰都僵了，缓了会儿才算是直起来，将她靠在身后的枕头拉下来，让她先躺好，然后自己掀起棉被一角，钻了进去。

暖烘烘的，是她体温焐热的。

这一系列动作都很自然连贯，等两人盖了一条棉被，初见忽然清醒，紧张感越重心跳越重，想到了那晚在车上。最后检边林没忍住，把她的衣服推上去——

他睡意正浓，摸到她的腰，挺自然捞过来。

"你不累吗？"初见大气都不敢喘，显然在误解。

"嗯。"

这"嗯"是累，还是不累？

是她的僵硬，她的误解，还是因为紧贴着有了自然反应，缘由不可追溯。总之，原本睡意浓着的人也睡不踏实了……

他蹭着她头顶的短发，额头。

棉被里的那双手不太安分地扫除着所有障碍……手表磕到床头

177

发出了声响,他才察觉自己什么都丢下了床,却忘摘表。

怕磕到她。

他俯身亲着她,两手反到背后扯开表,丢去桌上。

检边林到处摸索她的手,一根根手指摸过去,找到无名指。一个小小的尾戒褪下,套上去。

初见。我爱你。

在她耳边蹭了好久,卡了半晌也没说出来,那三个字太重了。

她:"不行不行,你停停……"

他喉咙发干:"……"

她:"等等……你先和我说,和别人有过没有?"

他:"……"

真想掏出心给她看。

那里边除了她还能有谁。

他手肘就在她脸侧,枕头被压下去一道痕迹,喉口发紧……所有要命的陌生的细微的触感都在疯狂地表达她是他的。太真实,却像是梦。

……

检边林看她这样子就只剩心疼了,哪还顾得上别的。他从床脚捡回长裤套上,用棉被把初见裹得严严实实地抱回到腿上搂着。

移不开目光,瞅着她,眼睛被水浸过似的亮。

寂静中他低声说:我想结婚,初见,我真想结婚。

初见感觉自己耳膜微微震动着，仿佛蒙了一层水。

见怀里人没应声，他手臂收紧了些，怀里人还是没出声，他开始拨开被子，初见胸前一凉，找回魂，死命拉回被子嘟囔着冷。

他也不吭声，抱着她，紧搂着，抱着。

初见觉得身体有种无法言说的钝疼，不舒服，坐了没多久就迷糊糊的，头一顿顿打起了瞌睡。

顿得狠了，再惊醒。

检边林还坐在床边沿抱着她，看着她打瞌睡。

初见从棉被里探出手臂，摸了摸他的脸，反被检边林捉着手，他低头亲她的手心。

她小声说："你催我干什么，这里又不能结婚……"

后半夜他倒是睡了，可手总无意识地揉揉这儿摸摸那儿的，像终于得到梦寐以求的东西就再也不肯撒开手……初见被他弄得好气又好笑，想透口气，他却又俯下身来……

快天亮时，他去摸了台灯啪的一声打开来，光出现的瞬间，他："抱着我。"

那话音像被呼吸带出来，轻且压抑。初见嘟囔着"我真困死了检边林"，可还是勉强抬了手磨磨蹭蹭从他的腰上绕过去，撑了几秒就睡着了，手臂也软软滑下来。

他抓住她的手，拨开她的刘海儿，瞧得越发入迷。是初见。

不是在做梦。

昏沉睡到下午，她被手机闹钟振醒。

五点整，是检边林给她上的闹钟。闹钟名称是：在外景。

初见按照指示，磨蹭到他们拍外景的地方，风景挺好，河水湍急。天寒地冻的，他竟然还光着上半身和脚，站在河边的一块巨石上，背对着这里。初见能看到日光下他后背上化妆师手绘的大片蜿蜒藤蔓，缠绕着莲花的藤蔓。

工作人员看到初见，纷纷点头招呼。

没什么异样，可初见还是心虚。

童菲看她蹭过来，举着手机找信号呢，第一句就是："人家可是主演中的主演，你悠着点玩啊，昨晚上谢斌一宿没睡，一个劲微信问我你会不会把检边林后背抓伤，他这几天有露背的戏。"

"……"

"等会儿等会儿，你看云飘过去了。我先发个邮件，这地方太变态了，飘过一朵云就没信号，"童菲努力半天终于搞定个两千万的合同，回到闺密频道，"悠着点啊，悠着点。哎哟，戒指都戴上了？"

检边林那个尾戒成名前就戴着，见过他几次的人都会有印象，如今套在初见无名指上，意思也很明显了。

人家就是按照初见手指尺寸做的，难怪有时候会觉得那戒指尺寸大了些，套在检边林小指上很松。

想到这一层，童菲浑身鸡皮疙瘩都起来了。

真是羡慕嫉妒啊。这辈子没机会了，下辈子死活弄个青梅竹马……

林深在不远处背台本，检边林估计是在休息，让助理喊了他过去，和他探讨了下接下来的对手戏。初见两手揣在棉服里，在监视器旁等他们收工。是心有灵犀还是什么，反正检边林是发现她了，

180

套上晓宇递上来的衬衫穿上,拍拍林深的肩像是鼓励了两句后,一边扣纽扣一边向初见这里走来。

初见棉服的领口是竖起来的,拉链到尽头,挡着鼻尖以下小半张脸,凸显那双眼睛。

青天白日的,两人却都不约而同想起昨晚的厮磨……

初见脸热乎着,发现检边林站得离自己太近了,他眼睛垂得很低,深情得像还没从刚才的戏里走出来。可显然他对初见不需要任何演技,实打实的,就是爱她。

两人无声地对视许久,那边晓宇抱着羽绒服想凑近,被谢斌拎着拽回去:"没眼力见儿。"

检边林啊检边林,哎。谢斌看他这眼神这模样颇有些感慨,莫名就想去高中群里翻翻联系方式,找初恋叙叙旧,虽然听说对方早就在新加坡二嫁,娃都有了。

当年他也是清纯的男生。到大一和初恋好不容易异地恋见面,第二天醒来,眼里都能掐出水来似的看着她。当时说什么来着,啊,对:你对我这么好,我这辈子都不会辜负你……

真够酸的。反正大多数人初恋都是一部青春疼痛小说,逃不掉。赛着酸。

谢斌那处唏嘘着,检边林不知从哪儿弄来一辆山地车,戴好遮脸的口罩拉上羽绒服帽子,拍了拍前横梁:"上来。"

初见有点踌躇:"这么多人呢。"

他的下半张脸被口罩遮着,低低的笑音模糊又暧昧:"又不是没坐过。"

181

那是初中啊……

初见默默地，纠结着，被他拽着抱起来，放到横梁上。一踩脚镫子，骑走了。

也没管身后剧组那群人各自精彩的表情。

检边林大概也有好几年没碰自行车，这是临时和租房子给剧组的房东家里借的车，后座也卸了，不知道这个车的主人是不是也为了追女孩子特地这么做的，总之，让他想起了很多。

山路倒是挺宽，就是土路不平，初见被颠得屁股疼，左右挪动着，想找个好姿势坐。

冬天快过去了，可还很冷，山风飕飕地直往袖口领口灌。

检边林怕她冷，单手骑车，另外的手臂环住她紧紧抱在胸前，冷不丁就来了句："太颠了？"

"还行，"她仰头看他，"我们去哪儿？"

"吃饭。"

"不和剧组人一起吃吗？"不是特地请了煮饭的人？

"今天比较特殊。"

初见当然知道他指的什么，缩了缩脖子，往他怀里靠紧。

怎么这也要庆祝……

结果检边林想得好好的，到临近的镇上去找个干净的小饭馆，最好有个小包厢，吃点好吃的。可他们到得太晚了，这种小地方天一黑几条街上的店面都关了门，只有个店家还在自己就着铁锅吃晚饭。

现在再回去，怕初见饿到，就凑合着进去了，摘下口罩和老板好声好气地求了一顿饭。

老板是个四十几岁的大叔，看起来还挺好说话的。只是检边林

182

这次是刚从片场离开,一身不良分子的装扮,再加上戴了个黑色口罩让老板有点发怵,对方指了指店角落的一个桌子让他们坐了。

就是没菜,只剩半只鸡和鸡蛋了。

检边林为了让这桌饭显得像那么回事,于是,点出了:炒鸡块,盐酥鸡皮,葱花炒蛋和鸡蛋汤……

最后老板都被逗笑了:"小伙子啊,要不要再给你来碗蒸蛋?"

检边林想了想:"好。"

老板越发觉得这对小男女挺逗的,哼着小曲去做饭。

检边林追着问了老板,附近有没有卖生活用品的。

"有啊,出门右拐走到底,出了巷子口就是,基本生活用品都有。这时间好多人在那儿看电视,绝对有人,去吧,啥都有。"

检边林问出地点,也没耽搁地起身:"你等会儿,我去买点东西。"

初见奇怪:"你还需要什么生活用品吗?我都带了。"

"我去看看,也不一定有。"检边林难得这么含糊地叙述一件事,不明不白地就丢下她出去了。

初见傻了十几秒,懂了。

她心怦怦急着跳,隐隐都感觉自己的胸口在随着呼吸和心跳起伏着,尴尬得不知如何是好,可马上就有了不得的念头蹦出来。

不对,他不能去买啊。

想到这也没顾上和厨房里的老板交代,就跑出去,一路跑出巷子口,眼看检边林都走上台阶了,拽住他:"你不能去啊,万一被人认出来就麻烦了……"

那个小饭馆的大叔不认识他这种明星很正常,那可不代表别人都不认识。检边林被她扯下台阶,也发现是个麻烦。

183

小巷子口风大，吹得她头发乱飞。

再这么站下去都要冻僵了，估计那炒鸡蛋也要凉了。可她也实在不好意思推门进去堂而皇之众目睽睽下去问有没有那个啊，光是想想就浑身都不对劲。

她小声说："我饿了，去吃饭吧。这种小卖部应该……也没有吧。"

他想想也对："我回去问问谢斌。"

"不行，不许问啊，你千万别问。"

检边林默了会儿，将她扯到巷子里的阴暗处，在半明半暗中凑近，呼出的热气弄得她鼻尖发痒。初见躲开，小声说："你要真问他，我就回去了，你自己待在这儿拍戏吧。"太丢人了。

他的目光微闪了闪，照准她嘴唇轻咬了下："那就，顺其自然。"

顺其自然？什么顺其自然？

在巷子口的回旋冷风里，初见怔了足足半分钟才琢磨出他的意思。

……

二十四小时都没过呢，他怎么就想要孩子了……

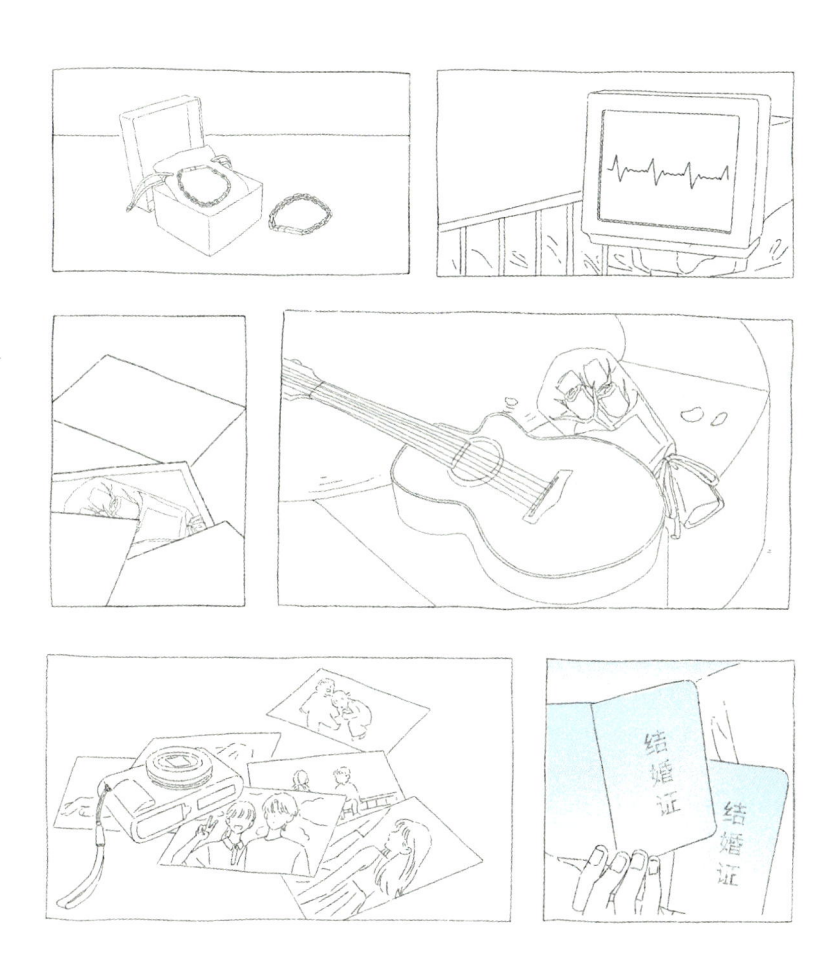

chapter.08

笑声更迷人

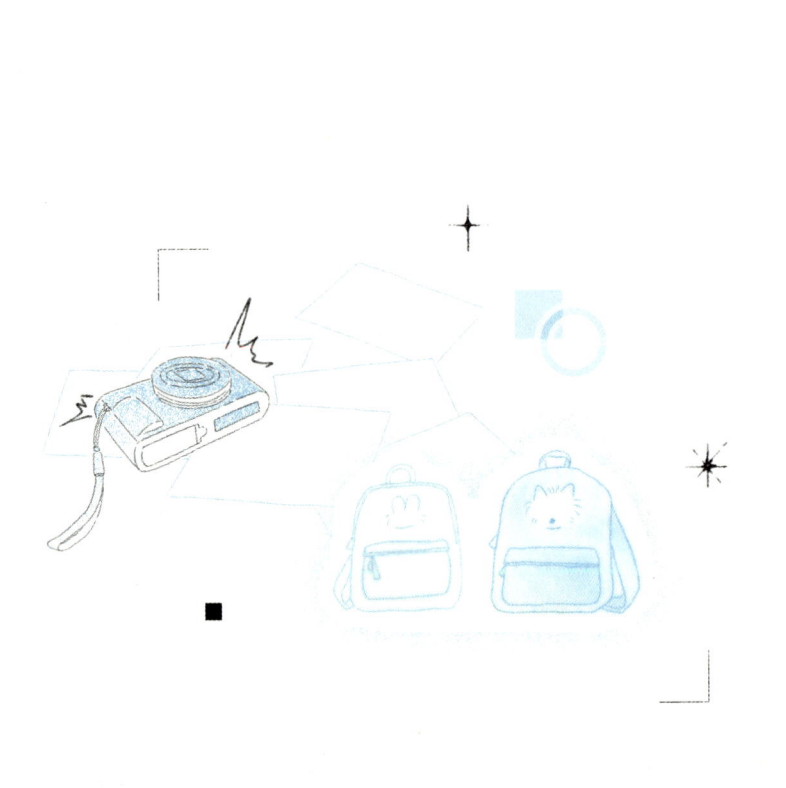

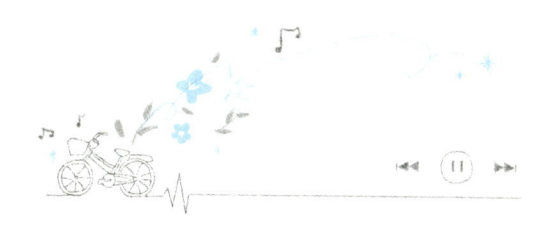

小卖部门外树丫上挂着的灯泡可亮，晃得她视线避开，耳根后发烫，丢了句"懒得理你"，沿着一路跑过来的小巷子走回去。

检边林在夜色里，忍不住自己都笑。

太急了，太急了检边林。

老话说得没错，人果然是一得意就忘形。

他略微活动着手臂，很是快意地两手倒背到脑后，交叉着撑着自己的头和拍了整天戏僵硬发酸的脖颈。如此看初见的背影，真心觉得她连迈步的动作都可爱到不行……

两人空手而归，再进小饭馆，老板大叔正啃着鸡爪子，见两人回来笑着念叨"幸亏看到你俩自行车在，要不然还以为人跑了呢"，说着就将饭菜给他们都端出来摆上。一桌子不是鸡肉就是鸡蛋，检边林却吃得津津有味，这是他今天第一顿饭。

中午去得晚了，又要手绘背上的文身，这是个精细的工程他半分不能动，也就没告诉化妆师自己连水都没来得及喝——

怕太晚带她回去不安全，检边林只敢囫囵吃个半饱，灌了两口热水，让胃舒服了，去和大叔小声交流了两句。大叔嘿嘿一笑，拎着外套出去了，没多久兜回来，就把检边林需要的东西买回来了……

初见瞄了眼后，就再没敢和老板对视过。

她强装镇定把最后一块鸡肉用筷子夹到嘴里,在牙齿间慢慢把肉从骨头上分离,低头,吐出骨头。当然,第三人不可能看到的桌下,她狠踩了下检边林的脚。

硬邦邦的,是军靴。注定毫无痛感,但有感觉。

他抬了眼皮瞅她,她瞪他,自己却先脸红红去看别处。

……

后来回到小旅店,剧组人也刚吃完。

他们住的地方是被剧组包下来的小旅店,说是旅店,简朴得和农家院没什么两样,没有专门的饭厅,大家吃饭都在一楼,几个大圆桌搭起来就算完事了。初见进屋门没留神,刮到了门外挂着的干辣椒和玉米,本想偷偷溜进去的人,倒是弄得动静极大。

几个饭桌旁的人都先后望过来。

初见脸皮薄,被发现了也就不好意思悄悄回屋,推推检边林的胳膊,硬是和他在谢斌那桌坐下。

"吃什么好的了?"童菲咬着筷子,"让我们在这儿喝西北风?"

初见扫了眼桌上的残羹剩饭,吃得差不多了,也能看出荤素搭配很合理。况且她中午就吃过,剧组请来的厨师手艺明明很好。

"吃什么重要吗?有情饮水饱,"谢斌乐呵呵,"是不?晓宇。"

晓宇立刻答:"没错,哥!"

大家笑。

刚两人不在,谢斌在众人要求下简略概述了检边林身边这位女友是他初恋,两人是青梅竹马迟早要结婚,所以也没必要瞒工作人员。"初恋"两个字真是惊了不少人,这屋里坐着的人都在这圈子起伏多年,什么奇葩感情没见过?

唯独没见过检边林这种。

于是大家开始纷纷回想开机以来的细节，想得多了，也都感怀起自己来，初恋代表什么？不只是爱情，还有青春。

所以在两人没进门前就聊开心了，他们再一现身大伙情绪更高涨了。

第二天又是下午开工，不用早起，到最后每桌都开了不少酒，一来二去众人喝得上头。别说那些老资历的人，就连晓宇这种新人都拉着从澳门来的林深，倾诉自己怎么入行的，还有那些该死的跌宕和挫折——

哪有那么多光鲜亮丽，资本汇聚越多的圈子越现实。

门口，还聊哭了俩……

看那些人在门厅和门外发酒疯，玩情怀，初见也想起很多年前发生的小事情，关于检边林的——

刚上高一那会儿，她和家附近的女同学放学骑车回家，刚出校门就看到检边林推着车往前走，轮胎还是瘪的……当时她还想过去问句要不要一起回家呢，就有两个女孩推着车追上："检边林，你车坏了啊？"初见好奇多看了两眼。

初见身边并排骑车的女同学一个劲笑，扯着初见的胳膊说："这年头女追男可有看头了，一班这位天天被人拔气门芯，就为能放学一起走搭个话。"初见听得咋舌，真有新意啊！

后来到高一下学期，这种事就见怪不怪了。

初高中部最吸睛的男生就是他。

她有次在值岗校门口检查校徽，就见到过两个女生校服上用小钢笔明目张胆写着"检"。早上是初见发现的，是穿着初中部青蛙绿校服的女孩子，写在袖口，另外一个是中午午休的时候，初见身边查岗的同学发现的，和看到新大陆似的用手臂撞她："你看，你看。"这次是高中部的红白校服，小小的油笔写出来的"检边林"就在领口后。

每个学校都有这么几个男生充当这种角色。

不同的是检边林最后是真进了娱乐圈，从校园偶像成了大众偶像。他刚成名那会儿，许多校友在贴吧发帖、发微博，说他在高中就有很多女生拼命追，绘声绘色，故事还真不少。

但能让初见记住名字的，很少。

七班倒是有个叫卢珊珊的她现在还记得。这个女生追检边林最大胆，就坐在班级窗台上，在课间对着刚下体育课的一班和二班人群大声喊："检边林，检边林，我喜欢你。"引来楼下学生的大声起哄。当时真是轰动全校，初见作为旁观者还幸灾乐祸张望来着……

思维发散到这儿，初见用手肘撞检边林："记得七班卢珊珊吗？"

她以为检边林会来一句"不记得"，可惜，检边林还真严肃回想了半天，点头。

初见嘟囔："记性还挺好。"

检边林发现不该说实话："……就记得是个女的，别的记不清了。"

初见提点他："她不是还追到你家去了吗？"

当时卢珊珊追检边林追到了家里去这件事，在年级里都传疯了。

对这个女生，其实检边林记得挺清楚。

并不是此人有多特殊，纯粹因为他记忆力太好，从四岁开始到现在的事基本都不会忘。

当时这个女生是和三四个男同学一起去的他家，检爸拉着人家左问右问都是问的初见在学校的事,最后还拿出相册给他们看,笑呵呵说初见就等于是自己半个女儿。男生们趁着检爸去倒水,一个劲起哄说难怪检边林对谁都不动心,这早就内定了啊。

他没解释,纯粹默认:他是喜欢初见。

从小到大对他表达好感的女孩不少,这是比较麻烦的一个。他考虑更多的是七班离九班近,传太多事过去会让初见误会。幸好,后来拒绝的次数多了,脸皮再厚的人也知难而退了。

……

检边林一阵沉默后:"真去我家了?没被我爸打出去?"

初见"啊"了声:"你爸打人家干什么……"

检边林蹙眉:"我爸喜欢你,别人来不就要打出去吗?"

初见被他逗得不行,开心地转着手上的戒指,昨夜太混乱太不像话,今天也是赶着来去吃饭,都没仔细看过这个戒指。此时摘下来端详着,后知后觉发现戒指内圈刻着字母:J&C。

根本不用联想就知道是刻的两个人的姓氏首字母。

初见瞄他。

他:"反过来,是你的全名。"

"检"和"见",他的姓就是她的名。

人总是这样,心里装着谁就去找相同点,哪怕是一点点的蛛丝马迹也不会放过。初见想起高中同桌过去喜欢班副也是这样,颠来倒去写两个人的名字,最后欣喜地抓住初见胳膊说:"你看,我第二个字和他第三个字都是十七画!是不是很有缘?"

当时初见觉得同桌傻,现在反倒觉得——

自己和检边林真是很有缘啊。

初见在他的注视下把戒指戴回去："问你个问题，必须认真回答。"
检边林示意她问。

她："你为什么喜欢我？"

他："你好看。"

她："一点都不认真，比我好看的太多太多了。"

他："真的。"

她："不说和你合作过的女演员，初高中那些喜欢你的女孩，也有好多美女啊！"

他："真的。"

她："……"

检边林探身过来，在白炽灯的光线下，仔细看她，面不改色心不跳地说了句自己认为的大实话："和你比，别人都不是女的。"

初见躺到床上，看他掀开棉被一角想要进来时紧张得不行，这可和前晚不同，前晚不知道会发生所以无知无畏，可是现在……初见向墙壁挤了挤，到被他单臂捞到胸前，满脑子都是昨晚……

检边林忍不住额头压在她耳边，去桌上摸电视遥控器，手指滑动了几圈找到红色的按键，打开。

她："你大半夜开电视，不是掩耳盗铃吗？"

"……"

又关上，四下归入一片寂静。

怕她生气不敢妄动只好慢慢的……初见支吾着动了动……

七天后，山沟沟里的戏结束，刚好临近元宵节。

女主角请了三天假去拍广告上访谈节目，检边林这里谢斌也安排了生日会前的排练和正式场。今年检边林的生日是在医院过的，最后还是他自己提出哪怕再忙也要补办给粉丝。

所以，他们在元宵节前一晚就赶了飞机，回上海。

从排练到正式演出只有三天时间。

检边林这个人看上去和粉丝不亲近，鲜少互动，微博只是开通时登录过一次，发了个"大家好，我是检边林"，就再没下文了。

但通过很多细节都能看出他内心深处很爱粉丝，只是不善表达。

比如，补办生日会，再比如，他不管去哪里出入机场时都不会走VIP通道，是怕接机粉丝看不到自己会白跑一趟。而且，每次他的公务行程都是公开的，也避免粉丝总要花时间去调查他的日程。

所以从飞机落地，初见就和他分开了。

初见背着双肩包从出口走出，看着两侧人拿着手牌和手机在兴奋等待他的出现，忍不住回头看了眼。

检边林就在她身后十几米的地方，为了宣传这次电视剧特地穿着男主角习惯的卡其色长裤和军靴，只是上半身因为冷穿着黑色T恤和黑色羽绒服，身材是真没的说……

她不知道检边林有没有看到自己，就看到他掏出手机，大拇指迅速打字。下一秒她手机就振动了，是他发过来的：我练完舞就回家。

很快，他从她身边擦肩而过走出了通道。

初见看着他和两个助理挤入人群，望了两眼，盘算着虽然这段时间还算是春节假期，可既然回来了就去美甲店溜达圈看看。她离开机场，打车回到美甲店时刚过午饭时间。

店里只有两三个熟客在翻着杂志排队等着。

"老板回来啦？"一个美甲师抬头。

初见应了声，拿起账本到长沙发那里，随手翻看，看着看着就可耻地走神了。

自己和检边林的关系发展到现在真是很神奇。

初见越想越入神，忍不住笑靠上沙发，一排摆好的娃娃被她弄掉了两个。她随手捡起，挨个摆好，突然就想起和这些娃娃一起带来的盒子。想到这儿，她丢下账本，去库房翻出来。

蹲在架子旁打开——

是两叠用绳子绑好的硬纸卡。第一张写着道数学题，黑笔抄题目，蓝笔抄答案。笔锋流畅漂亮，是他的笔迹。

初见迷惑解开，翻了两张，察觉这是初中题目。初几的？忘记了。再摊开来所有的，有英语题，有数学题，物理，化学，各科题目，竟然还有校外新东方考试题，奥数，物理竞赛的……

另外一叠卡片是手抄的单词。

她对这些单词可是印象深刻，都是她的惯错词。

她从小就是这样，记性不太好，错过的题总会反复错。

尤其是英文卷子上有的单词拼写简直是她的噩梦。她脑子里就像有个黑洞，只要错过就一定会继续错，每个背七八次也背不下来。比如现在手里卡片上的这个medicine，她就总会鬼使神差地拼写成medition或是medicion……

对于这个问题初中英语老师真是深恶痛绝，啊对，那个英语老师就是检边林的班主任，那个在医院碰到的李老师……那阵子李老师对自己真是恨铁不成钢，还经常在一班的课上突然对检边林说："你家那个对门初见啊，你帮她好好背背单词，哎。"

……

初见翻看着卡片，看得出来它们很陈旧了。

是什么时候写的？不知道。

为什么过去没给她？也不知道。

也许是因为两个人初中的那次"分手"，或者是摆渡船上的那次偷亲，总之，他存了这么多年却在这次生日给她……初见大概能猜到检边林本想借此告诉自己：

初见，我喜欢你很多年了。

初见，看在这么多年的分儿上，能不能让我再试试……

可她根本没打开来看。

初见蹲在地上，翻来覆去地摆弄着这些卡片，魂游天外一样。半小时后，她小心收好所有卡片，重新放到最隐秘的地方，离开库房，推开玻璃大门就走了。一句话都没来得及留下。

正在干活的一个美甲师八卦兮兮看了眼门外："恋爱了估计。"

回到家，老妈正在举着一个烟灰缸追着数落老爸，质问他究竟是吃烟还是抽烟，竟然一个上午就有四个烟屁股。老爸一个劲装傻，缩着脖子喂鱼，嘀咕着："我这是坦诚从宽，要想瞒着你，倒厕所一冲不就行了。"结果招来更严苛的审讯，老妈的训话从一上午抽了太多烟，过渡到究竟过去烟屁股倒进马桶多少次。

初见也没理会他们，冲进厨房，把冰箱里所有准备过节吃的水果拿出来，挨个剥开、削皮、切块，等等弄了一大盒子。

"干什么呢？"初见妈都被惊吓了。

"我去给检边林送水果。"初见抱着盒子就跑了。

"这俩孩子要早这么好，就好了。"初见妈感动得不行。

195

到检边林公司，她报的是谢斌的名字，被前台带着走进去。

半路被晓宇看到了，大叫一声"嫂子"，忙领着她转了个圈直往练舞房去。因为检边林在公司也有股份，所以算是老板之一，整个楼层传开来就是传说中的"老板娘"现身了，大家纷纷八卦兮兮地举着杯子，往离练舞房最近的茶水间蜂拥而去。

结果看到练舞房被撞上，十几个伴舞隐晦笑着，说去喝下午茶。

兴致勃勃赶来的员工郁闷离去，顺便都给在离练舞房最近的一个员工留下口信，出来了打个分机啊……

门外热闹着，门内倒是格外安静。

检边林刚结束一阶段的排练，额前短发早就被汗浸湿，只穿着黑色背心和灰色运动长裤，光着脚走到她身边。

浑身上下没有任何配饰，除了和初见一人一个的浅金色的情侣手链微微滑到手背上。

他没想到初见会来公司看自己，打开手里的矿泉水，刚想喝水，先被初见塞进嘴里一块雪梨，手微微一停，慢嚼着咽了。

"累吗？"初见挑挑拣拣，继续扒拉了半颗草莓，递到他嘴边。

检边林没出声，张口咬住草莓。

初见抱着一大盒水果，仰头看着他吃。

在看到那些卡片前，有个问题困惑了初见很久。检边林究竟是什么时候开始喜欢自己的？小时候他一度很烦自己，后来到初中除了传言，其实他没做出任何表白和亲密举动。直到"分手"后的第二个新年在渡轮上他偷亲自己后，初见有点慌了，但后来……就没后来了，他继续没什么特别，她还以为他就是一时冲动。

到高中初见因为男女性别不同对他有了避讳的意识,除了两家聚在一起吃饭,就不太有交流了,两人说的话还没她在学校听他传言来得多……直到高三,徐经表白没多久,他突然反应如此激烈却是吓到她,怎么检边林突然就这样了?

见到这些卡片,她想,其实并不突然,他只是一直不擅表达。

初见在想,他送给自己这个生日礼物时的心情。如果没有检叔叔和他的病,两个人又会怎样?不会表达的人真是可恨又可气——

"想吃哪个?"初见越想越气,白了他一眼。

检边林有些莫名:"都可以。"

她低头想挑块不大不小的喂给他,检边林低俯下头,明显醉翁之意不在酒,偏过头去亲她嘴角。初见被他额前湿发擦过脸颊,痒痒的,他不停,她也没停。

腻乎到最后,检边林眼底涌动的情绪越来越浓,撩得嗓子发干。

他趁机低声问了句:"今晚我们睡谁家?"

谁家都不行啊……

当着爸妈面和他公然走进一个房间过夜,或者是当着他爸的面,都不行,初见光是想就尴尬到不行,绕开他还要亲的动作:"你不是很忙吗?再说我爸妈都在,不太好,真不好。"

检边林笑,将自己额前的短发向后捋过去,轻嘘口气。

继续排练。

初见走后,他和群舞练到十一点多,大家都累得不行了,检边林汗涔涔地仰面躺在地板上,扯了条浴巾蒙了脸,把灯光挡在视线之外。

肌肉的酸痛，还有流汗的畅快，会让人迅速沉入自己的情绪里，极累，也极畅快。

脑子里在这一刻流淌而过的是那些记得清楚的过去，就连当时房间里的味道和阳光灼晒的感觉，都很清晰。

……

"检边林，检边林。"

他听得脑袋疼，回头，逆光看过去。

棉被扑面而来，遮到他的脸和上半身，初见跳上去压住他，狠狠用小拳头捶了两下，也不等他推开就跳下床："你太坏了，竟然告我状！"说完，她就跑了……

他掀开棉被，完全不知道自己又哪里得罪了她。当晚吃饭听老爸说了才知道，初见自从知道要去上小学预备班就吵着要穿红裙子，爸妈不给买，就拿着攒了很久的零花钱去商店买了块布，回来凭想象把布料剪成前后两块布后，成功把家里的缝纫机弄坏，为了修缝纫机又踹翻了两个暖水瓶，推倒了仙人掌架——

总之结局就是初见被揍了。

检边林当时听老爸那么说才想起来，自己下午是听见隔壁有大动静，去看了几眼。于是初见以为是他告状，不光报复了一下，还冷战了一周都没再和他说话。好不容易等到周六，初见爸妈不在，检爸掏了钱给检边林，让他带初见去吃肯德基，两人才算是有了交集。

检边林特地到商场里，找了半天红裙子，终于看到一条后，有意走得慢了些。身旁的初见眼馋盯了两眼，终于说出了冷战后的第一句话："你说是不是很好看？我妈就是不给我买，说太招摇……"

他:"你真觉得好看?"

她:"当然好看啊!"

他沉默了半晌才憋出一句:"我买给你。"

她:"真的?不太好吧……"

他:"下个月生日礼物。"

她乐了,立刻欣然接受:"对哦,去年你生日我还送了地球仪。"

那天他拿出事先取出的压岁钱付账时,售货员阿姨可是乐坏了,从没见过两个看上去也就小学一二年级的孩子独自买衣服,太新鲜了。

……

脸上盖着的浴巾被扯开,一道光刺着他的眼皮,他用手背挡着,才微微睁开。

晓宇笑:"谢哥让你过去一趟。"

检边林舒展开手臂,心情颇好地翻身跃起,拎了衣服套上,随手从地板上抄起棒球帽倒扣上,就出了练舞厅。

公司里有几个姑娘还在准备生日会,虽是同事身份对着明星淡定得很,可突然见到这么个大帅哥从练舞室出来,短发微湿,荷尔蒙气息爆棚,难免都多看了两眼——

初见难得今晚和检边林分开,加班加点处理工作。

从美甲室到美甲公司,还有全国代理群等,各种微信群足足聊到十一点。语音条一个接一个,嗓子都哑了,好不容易大家互道了晚安,算是结束讨论。

可就是她出去泡杯热水的工夫,几个群突然又炸了。

扑面而来都是微博截图,照片,微博热搜截图。截图的微博里全带着一个话题——#检边林阮溪#。

初见看到这五个字,心里咯噔了一下。

她不是很喜欢用微博,美甲公司的微博也不是自己运营的。早年虽然注册了一个就被盗了,再上去都是乱七八糟的水军微博……所以并不像微信群里这些人口口夜夜地刷,能获得各种最新八卦。

……

有人发图片,也有人在议论。

都是在八卦明星的口吻,分享各种搜出来的爆料。起因是有人爆出来检边林最近在拍《黑白影画》时身边一直跟着个姑娘。

自此,大众开始挖掘出多年前的那条绯闻。当初爆检边林和阮溪绯闻时还没有微博这东西,比较好压制,后来阮溪团队炒作了一次,又被谢斌火速重金压了下去。可今年检边林爆红,又是初次涉足电视剧,又是临近生日会的时机,天时地利人和,这种绯闻爆出来可就没有那么好控制了……各种蛛丝马迹的东西满天飞:

当初两人比赛同框的镜头,还有两人比赛的合唱视频,两人分别接受采访的视频等等。网友的力量是无穷的,甚至连阮溪在十三场比赛里所有和检边林互动,甚至提到检边林这个名字时的表情、眼神都做了合集。不过这些都是"捕风捉影"。

真正最重磅的,还是检边林和阮溪深夜在泳池畔的一组照片。

甚至,还有人爆出了阮溪和检边林最近在横店同期的日程,言之凿凿,说两人吃饭过夜了。

……

起初,她还认真看。

看到最后心烦气躁,想丢下手机,可又强迫症似的上了美甲公司的微博账号，特地去搜来看。甚至还把那六张深夜泳池畔角度暧昧的照片下载下来，放大，想认真看到底在做什么——

她没忍住抱着被子郁闷了老半天。

手机在棉被里振动了许久，拿起来看到是童菲就大概知道干什么来的，没接，怕童菲又夺命连环来电话，直接关了机。

本以为只是吃醋，睡一觉就好了。

可完全睡不着。

整晚胃里都翻腾着难受，心慌，想打电话问他，又觉得这样太小气。当初检边林为了徐经的事生气，自己还觉得检边林莫名其妙。可他和这个女孩也是陈年旧事了，再去追问"你有没有亲过她？有没有像和我一样和她……"也真抹不开面子。

至于两人在横店发生了什么，她倒是不信，那天检边林刚到横店拍完夜戏就连夜赶回上海了。

而且他和自己那么腻味，应该不会和别人……吧？

一整夜，初见就抱着被子满脑子跑火车一样地熬到天亮。六点，客厅开始有动静，这是初见爸妈雷打不动的起床时间。

……初见眼睛发酸，大脑混沌，意识模糊。

还是睡不着。

"小检？"妈妈的声音。

检边林？初见以为自己幻听。

"阿姨。"真是检边林的声音。

初见坐起，翻身下床。

打开卧室的门，她看到客厅里真有他，就站在爸妈面前还没来得及换鞋。他听到动静马上看过来，眼睛幽暗幽暗的。

这场景，这感觉，仿佛时光倒流——

他高烧送假条的清晨，也是六点，站在这个位置，面对着爸妈。

……

"你是知道我和你叔叔六点起床，特地算好时间敲门的吧？"初见妈妈笑了。

检边林摘下帽子，头发凌乱地贴在额头上，他的视线里都是因为整夜没睡而脸色苍白的初见。

"阿姨，"检边林低声说，"我想和初见……说两句。"

"过去吧，"初见妈妈被逗得不行，"怕我们干什么？"

检边林没出声，走过去。

他打了整晚电话初见都是关机，大半夜的也不敢来敲门，回家又怕错过她出门，就在楼梯间坐了整晚。

一直就等到六点……

检边林伸手拉她，初见下意识躲，一是还吃着醋，二是爸妈在……

"戒指能给我吗？"他低声问，嗓子都哑了。

戒指？她茫然看他。

他安静等她。

他要我把戒指还给他？初见细细琢磨这句话，刚还被他大清早出现感动到，可现在，就像是坐上过山车的人还在笑呵呵看最高处的风景，忽地从最高点冲下去，心一下子冲到了嗓子口。

心慌，嗓子疼。

可还是低头把戒指拔下来，塞到他手心里。

鼻子一酸，眼前发糊。

检边林你个浑蛋王八蛋，昨晚我还想你肯定不会对不起我，王八蛋，你想上床就给我戴戒指，现在就把戒指要回去……

检边林闷了半晌，约莫算出两个人之间的合理距离，向后退了小半步后，右膝一弯就跪到了地板上——

没经验，跪得太狠，膝盖一阵阵地疼……趁着初见发蒙，他摸到她手，其实手心早就紧张得冒汗，湿乎乎的："初见……"

……

完了，太紧张，整晚在楼梯口准备的话都白费了。

……

身后就是她爸妈，检边林完全说不出话，只能摸到她无名指又去把戒指重新套了上去，食指摩挲了半晌戒指和她的几根手指。

"检边林……"初见带着鼻音低声叫他。

我爸妈都看着呢……

他低低地"嗯"了声，嘴唇挨到她的手指。

呼出来的热气，弄得她想抽手，眼睛里还有泪花呢，脸红透了，也不敢看爸妈："你快起来啊……"

初见是又困又蒙，连着坐了好几趟过山车似的，眼看爸妈那种马上就要抱到孙子的笑意越来越浓，越是窘——

结婚就结婚，你跪什么啊……

她闷了半晌："不是早就答应你了吗？"

说完丢下他，回了房。

检边林想追，没敢，直到初见妈递个眼神，他才一推门也进去了。

203

初见爸乐呵呵就跟上去，被初见妈拽回来："俩孩子估计是闹了别扭，要不小检这孩子也不至于大早上六点钟就敲门过来求婚，特地当着家长面，还是跪地式的……"

初见爸恍然："小检这孩子不简单，不简单。有主意！"

"走走，我和你去晨练，晨练完吃早茶，吃完逛商场……"初见妈裹了围巾扯了棉服，推着初见爸走了。

客厅恢复寂静时，卧房里早就天翻地覆。

隔着道门，初见一个劲推搡检边林，压着声音控诉他："你怎么这么讨厌啊，还逼婚！"检边林一弯腰，双臂环腿把她抱上了床。

"我爸妈在外边呢。"初见手忙脚乱推他，被他反倒攥了手腕压到枕头上。偏这时，大门被重重撞上。

明显在告诉他们，家里没人了。

他用嘴唇去蹭她："以后……别关机了。"

滚烫的呼吸拂过她的唇，初见低声解释："是童菲总打我电话，我不想接才关机，我又不知道你给我打电话。"

发生这种事怎么可能不联系她？

整晚在楼梯间坐着没什么，就在想她要真生气了怎么办。他从来都不会哄她，小时候没那么深入的心思，反倒简单，顺着她就好。后来喜欢她爱上她就彻底没辙了。

检边林喉咙口发涩，不声不响地吻过去。

"……"

这是他第一次碰到初见的地方，地点实在太特殊。

断断续续从天蒙蒙亮厮磨到快中午。

他知道还有正事，收敛着，手指滑入她潮湿的黑发。初见挨不住:"真要困死了,想睡觉,检边林我好想睡觉。"

她再说不出半个字,闭了眼,眼看摸到周公的衣袍边角,猛打了个激灵,又强撑着眯眼瞅他:"那些照片我看不清楚,你亲过人家没?"

"……手都没让她摸过。"

初见听得还挺高兴,睡了。

眯了十几分钟,检边林又半哄半抱她起来:"晚上再睡,还有事。"

"……"也对,他还要生日会排练。

毕竟是工作重要,初见也没多耍赖,自觉爬下床冲澡,换了干净的衣服跟他下楼,想说顺路让他放自己到附近地铁,她还能先去公司一趟。可坐上车方向就不太对。

沪杭高速?

她嗅出不对味:"不去公司吗?"

"先回家。"

"回杭州?"

他默认。

"有急事吗?"

"登记。"

"……"

刚才在她小憩时,他征得了两方家长同意。检边林直接表达的意思是:两个人都已经有了夫妻之实,万一有了宝宝如果比结婚登记日期晚很多的话,日后要让宝宝知道了,对孩子起不到正面教育作用。

总之是一个鬼扯的理由。

他就是想赶紧把她娶回家,小红本子上贴了照片,钢印一盖,录入系统，两人就是名正言顺的夫妻关系了。

想想就觉得特好。

一路畅通无阻，开进小区两点多。

检边林为了节省时间没让初见下车，拿着两家钥匙上去拿户口本。初见心还飘在半空中没落实呢，开车门想透口气，正看到一楼的阿姨领着个小男孩走过来："初见？"

初见打了个愣。

"陈阿姨。"检边林先一步接话。

啊对，姓陈。"陈阿姨。"初见跟着叫。

检边林从小就对人过目不忘，不像初见这个脸盲，小时候街坊邻居遇到很多次也分不清是该叫叔叔还是伯伯，更分不清每个阿姨都姓什么。为此，她还颇有些小办法，去每家拜年都跟在检边林屁股后边，检边林叫一句陈阿姨杜伯伯，她就叫一句陈阿姨杜伯伯，绝不会出错。离开杭州这么久，没想到他还都把这些老邻居记得清楚。

"你们两个一起回来的？"老阿姨笑着打量两人，"我前一阵看到你爸，还说是去上海过年呢？你们两个怎么倒回来了？有事要办啊？"

检边林倒是直接："回来办个结婚证。"

……

安静。

陈阿姨噎了半晌，颇感兴奋："你们结婚了？！"

平时玩笑归玩笑，可自从检边林成了名人，他们可都觉得是要娶个……总之是娶个奇怪的人，怎么也不会是青梅竹马的初见。

一句话成功把小区里活动着的人都引过来。

众人也是各种惊讶、兴奋——"早知道你们两个会结婚""哎呀，这下你们两家更亲了""准备什么时候办酒啊，可不能不回杭州""小检不是大明星吗？会开那什么，哦对，新闻发布会吗？"……

检边林完全喜怒不形于色，只说怕来不及，不敢耽搁就让初见上了车，自己在车下边又被人扯着追问了几句后，急着就跳上来。

开了导航走了。

进了民政局大门，车熄火。

他解开安全带，探身过来，从她腰前绕过去轻按着解开，手抬起的一瞬挨了挨她的额角，低声说："结婚去了。"

……

她："你不怕被人拍到？"

他："拍到就拍到了。"

她："会被人爆到网上，你又要上热搜了。谢斌知道吗？商量过吗？"

他："知道。"

看来真是做足了准备。

初见没的问了，紧抿嘴唇，抿得没了血色再松开，轻喘口气："我紧张。"他隐隐笑着瞅她，老半天才哑声回："我也紧张。"

从早晨跟她走进卧室就开始不冷静，现在更是。可他这人不管内里多翻江倒海，面上却永远看不出。边说着紧张，他还边有条不紊地打开副驾驶座前的储物盒，翻出黑色平光眼镜，戴上，然后扣上帽子。

尽量不引人注目。

下车前，亲手替初见扣住拉链，从下拉上去。手指挨到她下巴时，还是没忍住，亲了她。

两人下车走入大厅时，初见用围巾把整张脸都裹住了，就露出一双乌溜溜的大眼睛，紧张看四周。

检边林这身高和外形太好认，想不引人关注都难，很快就被人发现，弄得她转身就要跑。被他拽回来。

初见解释："有人拍照。"

对检边林来说这很正常，不拍才不正常。

初见忐忑："你要不要遮脸啊？"

检边林："我又不是重婚犯法……遮什么脸？"

初见："……"

他站到窗口外："麻烦，登记结婚。"

隔着半个身子那么高的大理石柜台，里边的工作人员都惊讶地互相交换着眼神……四十几岁的阿姨头都没抬，把流程表递出来："出门右转，交钱拍照，照好了拿来填表登记。二楼有婚前体检和婚前性教育，都是自愿的。"

"谢谢。"他转身离开，去排队交钱照相。

那阿姨后知后觉，追着看了眼，有些……"这人是不是演电影的？"临近几个座位的人猛点头："是啊！就是，就是！"

幸好，办手续的人不多，也就三四对新人。

检边林这人早就被围观麻木了，不觉得什么，可对初见来说简直每一秒都是煎熬，好不容易拿到了结婚合照，都没来得及看仔细，又催着他回了登记窗口。

那里原来的人撤了，换了另一个小姑娘。

姑娘激动得攥着笔，脚使劲踩着地面，上半身和表情却努力装作我不认识你我只是公事公办公事公办……刚一发现是检边林来登记，她可是在两人拍照时间里求着那个大姐和自己换了位置。

天啊给偶像亲手打结婚证，这感觉就跟自己和偶像扯证似的……

姑娘从文件架上小心翼翼抽出两张表格："检宝你……啊，不对，"小姑娘捂住额头，深呼出口气，"抱歉，口误，你们两个把这个表格填了，我把信息录进去，就可以出结婚证了。"

办证的姑娘端起杯子，喝水，装淡定。

趁机想看清初见的样子，看不出，只能看到眼睛。

捶胸顿足，让我看看你的脸啊！不看你的脸我怎么知道检宝以后的孩子会不会好看啊！啊对，怎么忘了结婚照，对，结婚照。

啊，呀，好好看！

初见拿过自己那张纸，想填。

检边林直接抽走，自己一人把两人信息倒背如流地填好，悄无声息还给她，让她签名。

两人各自签了自己的名字、日期，递回去。

"填错了。"姑娘眼巴巴看检边林。

检边林草草看了眼，错了？

再逐行看下去，应该没错。

"这里，这个签名下是要填今天的日期，"姑娘小声提醒，"你写成你自己的出生日期了……"

偶像，结个婚而已，别紧张，别紧张……

"算了！错就错了，我给你打！"

姑娘实在不忍心看自己偶像这么跌份,拿过来噼里啪啦往电脑里录入信息,最后,拿着一个红本子就塞进去打印。

趁这打印的空当,紧盯上初见。

初见被她看得心发慌,没想到对方一开口就是连串不带喘气的话,声音压得特低:"我代表到现在为止两千三百四十九万零七百八十一个粉丝祝福你,别看只有两千多万,我们都是真金白银的粉丝,"喘口气,继续,"虽然粉丝里有不少女友粉但你要相信检宝家最宝贵的就是亲妈粉,对,就是亲妈粉,我知道你不是饭圈的肯定不懂什么是亲妈粉,就是他喜欢什么我们喜欢什么。所以你别怕,我知道哪怕你们是闪婚我们也不会觉得什么,检宝都这么大年纪没有女朋友那还不麻烦了?"

初见听得犯傻,猛看旁边等着打印结婚证的检边林。

显然后者更关心那个合法的证件。

"好了。"他提醒姑娘。

"啊,好,好,"姑娘抽出来,把另一张塞进去继续打印,然后转向初见,几番欲言又止后,还是不放心地将声音压得更低了,这次的话近乎耳语,只有初见能听到,"他跳舞有伤腰不太好,不能吃辣过敏,喜欢小动物尤其喜欢狗据说家里有一只很老的大狗,单亲家庭和老爸一起生活,当年比赛虽然得了冠军可唱片市场不景气幸亏经纪人慧眼识珠,所以你一定不能得罪他经纪人,其他都好说……"说完,重重喘了口气,想说的太多了,千言万语化作最后一句话,"新婚快乐。"

钢印扣上,递出结婚证,姑娘眼看着检边林和初见离开,眼圈都红了:我宝宝终于嫁出去了,为什么新娘不是我……

检边林带着她离开时，门口聚了不少学生，正好是寒假，也不知道是民政局的工作人员，还是那几对新人发了朋友圈。一时炸开来，有附近的学生认出这个地方，紧急赶来——

检边林上车，初见刚坐稳，他随手把外衣脱下来罩上初见的脸。

油门一踩，走了。

车停下来，初见才敢把衣服扯开。

视线里，检边林手臂把两本结婚证拿在手上，明明是一样的内容还两本都打开，仔细看着。

"先上楼吧。"初见仍旧不敢看那两个结婚证。

就这么领证了？

检边林微抬眼，目光深情得能掐出水来，上下看她的眉眼。

"……"初见推门，下车。

走到三楼，检边林大跨步上楼跟上来，趁着楼道里没有人，一手从她胳膊下抄过去，另一手是腿，将她横抱起来。三步并作两步就上了四楼，手磨蹭着摸出门钥匙打开铁门。

家里的大狗在他们出门的时候被临时寄养在宠物店了，房间里悄无声息的。

检边林把她抱到自己房间里，幸亏检爸总盼着他会回来，经常更换被褥勉强能躺上去小眯会儿。他亲手脱了两人的鞋，抱她上床，脸紧贴着初见脖颈后那块露出来的皮肤，找了个舒服的姿势，合眼。

困，乏，终于完成了最重要的一件事。

外边巨浪滔天，网上再怎么闹都和他没关系。初见察觉脖颈后的呼吸渐均匀了，竟也随着他呼吸的节奏，迷瞪瞪睡了。

再醒是七点多。

初见是饿醒的，从他胳膊里蹭出来，想着家里应该检叔走前就清空了冰箱也就没翻找，从他口袋摸钥匙想下楼去炒点小菜上来凑合吃了。摸着摸着，掏出那两个小红本本。

从拿到就被他紧攥着生怕掉了似的，倒是她这个当事人现在才摸到……照片上钢印的触感都很新鲜。她翻来覆去看了几分钟，发现自己和刚才检边林在车上的表现相似，都傻得不行。

于是，放好。

轻手轻脚出门，第一件事就给童菲电话。

"我靠，"童菲接起来第一句就是，"我都不敢给你打电话怕打扰你们新婚之夜啊，可我百爪挠心啊，检边林和谢斌这两人也太有主意了，就这么婚了，公开了？那大嘴巴给阮溪经纪人抽得啊，估计都要打120输液去了。"

漆黑楼道，她跺跺脚，灯亮了。

心撞得要冲出来，她再镇定不了："啊？……公开了？"

检边林完全没事儿人一样睡了整个下午，她还想着等他睡醒再问要怎么办呢，毕竟被拍了闹的动静也挺大的……

"你不知道啊！你家检边林压根儿不懂'浪漫'两字吧？这么惊天的新闻发出来，他都没渲染一下告诉你？你等着别挂，收微信。"

童菲发了两张截图。

是检边林工作室和公司同时发布的消息，同样内容，一张照片配了短短的一句话。老旧照片，上边是检边林六岁生日时，被初见妈妈带着他和初见在照相馆留下的第一张合影。

初见笑得和个大红苹果似的，趴在检边林背上，检边林一脸心不甘情不愿地背着她。两人都没看镜头，像在自己的世界里，完全忘记了举着镜头的摄影师傅。

下边的话：检边林和检太太自幼年相识，今日结为合法夫妻。新婚快乐。

……

他怎么翻出来这张啊？

初见手心发麻，耳膜都因为剧烈的心跳声嗡嗡震动着。拼命放大照片，怎么看自己当时怎么难看——

她换牙早，这照片上她还缺了颗门牙。

总之，特丑……

她隐约听到童菲的声音，察觉电话没挂断，再接起来，童菲正在絮絮叨叨继续说呢："……反正总之算你运气好。这几个当红小生里边就检边林家的粉丝是最维护他的，他粉丝里的大号都很牛，控场能力一级棒，热搜全是新婚快乐，留言全刷祝福，做好热搜连挂几天的准备吧，他可是之前连有女朋友的消息都没传出来，一下子就合法夫妻了，我估计他家粉丝大号都是边心里滴血边控制话题走向的。"

初见沿着楼道下楼，几次脚滑险些摔倒。

听童菲热闹说着，一路上遇到的邻居都听下午那些人传开了，笑眯眯地用看新娘子的眼神看讲电话的初见。导致她都不敢走多远，去最近的一家小店打包了两盒炒饭炒面就回来了。

进门，检边林还在睡。

初见把盒饭放客厅，走进去，探身拍他："吃饭了，你一天没吃东西不饿——"腰上一紧,被他兜住腰,眼前天旋地转着就摔到棉被里,他身下:"我刚才没看见你,还以为……结婚是在做美梦。"

还做美梦呢,全国人民都知道了……

初见嘟囔着:"你也不选张好看点的照片,八岁我生日时候的那张不就挺好看的吗?"

他:"都好看。"

她:"……"

他:"叫我。"

她:"检边林?"

他:"叫老公。"

她:"……"

卧室没开灯,他背对客厅光源侧躺到她身边,右臂撑在床上,手掌托腮,目光深邃地盯着她,等着。耐心等。

初见紧抿唇,努力好多次,不行,开不了口……

突然,客厅里有她手机微信的消息声。

"我去看微信!"真是谢天谢地。

初见聪明地从床尾出溜下去,跑了,从沙发上找到手机,点开。是童菲:对了对了,忘了给你看这个,这个更棒。

又是一张微博截图。

她打开,是谢斌转发公司那个公开喜讯的微博,依旧是短短一句话:

攀上顶峰,看到的才叫风景;等到最爱,得到的才叫爱情。

那时候,两人小学就在家附近,都是附近几个小区的孩子。

上学放学,检边林都和她一起回家。

起初觉得烦,那个年纪谁喜欢和女生待一块,都是男孩子吵吵闹闹的,后来就习惯了带着个跟屁虫。

初见和他说话吧,他觉得烦;初见和别人说话,他更烦。

上了初中,不是一个班。

开始不是一起放下学,后来,初见妈婉转和他说有校外学生喜欢跟着初见,让检边林上学、放学时等着点她。检边林就答应了。

什么时候开始不同的?

他印象里,最清晰的分界线,是有次体育课。

九班换了课,和他们一班在一块被老师安排预备考八百米和一千米。初见跑完满头是汗呢,偷买了个冰葫芦,躲在操场角落里吃。检边林刚跑完一千米,校服的袖子挽到高处,从她身边走过去,又兜回来。

想说,她刚长跑完一身是汗吃这种东西也不怕生病。

初见探手,攥着他的腕子就拉过来,啪地将冰葫芦掰成两半,低头看了眼,狡诈地比了下大小,将自己吃了几口的上半截塞给他:"不许嫌弃我吃过。"

热乎乎的掌心和冰凉凉的东西交替着,烙着他的皮肤。

初见鬓角还有汗,警惕防备他:"你别想和我抢,我买的,你当然要吃少的。"

她那种我不想给你吃,却不得不看在多年交情的分儿上给你吃的纠结小眼神,特可爱。

后来,他开始刻意制造两人在一起的时机,甚至两家吃饭,在厨房里为了能亲手给她盛饭,每次都默不作声抢了布置碗筷和端菜

215

的活。慢慢地，两人在学校开始被传早恋……

有一天下午，她在他家看电视，抱着沙发靠垫斜靠在沙发上。

他靠着她，坐下来，手握着的易拉罐被他捏得凹进去，暗自深呼吸着，想做点什么，叫出她名字的声音都变得染了水汽："初见。"

她不停换台，困得不住身子一歪，头顶恰好抵上他大腿："我不行了检边林，我睡会儿啊，你要实在闲就帮我把数学作业做了吧……"

她完全不知道，这种角度，领口下他能看到什么。

他没动，怕吵到她。

也没敢多看几眼，去盯着电视屏幕，里边金角大王正在哈哈大笑嘲笑孙悟空，倒像在嘲笑他……可不看，并不代表脑子里没有，那些混乱的念头飞速掠过去。

那时，他没接触过任何关于成人性与爱的东西。

只是想靠近，亲近。陌生的，关于初见的一切他都想靠近。

直到一切回到原点。

那个黄昏在老旧、光线不充沛的楼道口，他拎着两人书包，低头将车锁扣上，听到她说不喜欢自己，说不出什么感觉。那晚他做题到半夜，几次压下去对门找她的冲动。大概半个月后，他突然半夜两点多抽风出门，坐在楼下盯着她卧房窗户，待了整宿，竟还难得碰上下雪。结果就是发烧了，编了个谎话说是去网吧通宵，被老爸臭骂一顿写了个请假条送到她家。

心里压着气，可看她打着哈欠趿拉拖鞋走出来，茫然看自己，就心软了，还是嘱咐了句下雪路滑，别自己骑车去……

后来，他自己都躲着她。

到初三两家出去玩，做摆渡船时就像中了邪，躲了整年都白费，船身微微摇晃一下，四周拥挤吵闹，都催促着他低头去亲她。

……

到后来，他一下子从一米七几的个子蹿起来，刚上高中就是一米八几的瘦高个，在学校里变得引人注目。

那时年级里成双结对的更多，他常听人说到九班初见，九班初见，听得心浮气躁。高中课业重倒是适合他，直线上扬的分数会让他在大多数时候暂时把她放在心底。

高二过年时，初见爸爸第一次酒后玩笑，让检边林努力努力，以后娶了初见算了，谁让初见成绩不好。他听着没吭声，大人们笑，初见在看春节晚会没理会这里，或者说是故意没理会。

他慢慢小口啜着，喝了不少白酒。

心里答应着初见爸：一口答应。

到高三那个冬天，也是下雪，他想着，还真巧，初中失恋坐在楼下落了满身雪，今晚莫非有什么好兆头。

可惜，好兆头没有，却是当头棒喝。

他一直自欺欺人，初见只是还不知道喜欢自己，说不定闹着小情绪僵着，哄哄就好了，转眼就要成了别人女朋友。他这个跨年过得醉生梦死，三天后还是强打着精神去找到那个男生。带着一口气没多考虑，在车棚附近放学人流最多的时候拦住，问他：你能不能一辈子对她好？能不能结婚？做不到，那就一根手指头都不许碰她。

作为十七八岁的男生，太了解这个年纪的同性了，什么都想尝试，身体上想靠近。他怕初见吃亏，想到她会被人占便宜就受不了。

217

毫无立场，逼着那个男生答应这种事。

稍微有点血性的男人都会吵起来，可敢动手的少，检边林也没想动手，直到对方说了句大实话：我和她干什么用和你交代吗？高三，你和我说结婚，检边林你有病吗？

他认定对方就想占便宜不想负责，一拳就揍上去。

对方也急了还手，检边林有身高优势又经常打篮球，还是占了上风。那个年纪的男生，都是脑袋一热没经验也没顾忌场合，在上下学的必经处就这么打起来，公然藐视学校规章制度，完全就是作死。

那天，初见冲过来浇他的那盆冷水，彻底把他浇醒。

他知道犯了大错，恨不得抽死自己。

直到高中毕业，他听到她拿到去海南的录取通知书，考去北京的他没有任何高考后解脱的喜悦心情，在窗台上整宿整宿干坐发呆。

初见……

检边林高大的身影从初见身前走过，到洗手间，拧开水龙头，捧了一把凉水就扑到脸上。洗完脸，翻出来新牙刷，开始挤牙膏。

初见瞄一眼他躬身洗脸的侧身，就觉得心神摇荡……

童菲又来微信：我就不懂，过去你怎么就看不上他？

初见默默想了会儿，回了俩字：我瞎。

……

他怕毛巾十几天没用不干净，走出来，抽了几张纸巾略微吸干脸上手上的水，看初见端着手机，在那儿脸红扑扑的，不晓得想什么。

他躬身，半蹲在她身前："等着呢。"

她:"啊,等什么?"

他:"叫我。"

她:"检边林你还明星呢,愿望就不能高大上点?"

他:"……"

检边林的脸近在咫尺,她寻思着躲不掉了,扭捏好半天拽过来沙发靠垫,脸埋进去慢吞吞叫了句:"老公。"

……

检边林低低应着,意犹未尽:再叫一声。

靠垫狠砸上他的肩:"吃饭!"

Birthday Party

A区
5排
21号

尾声

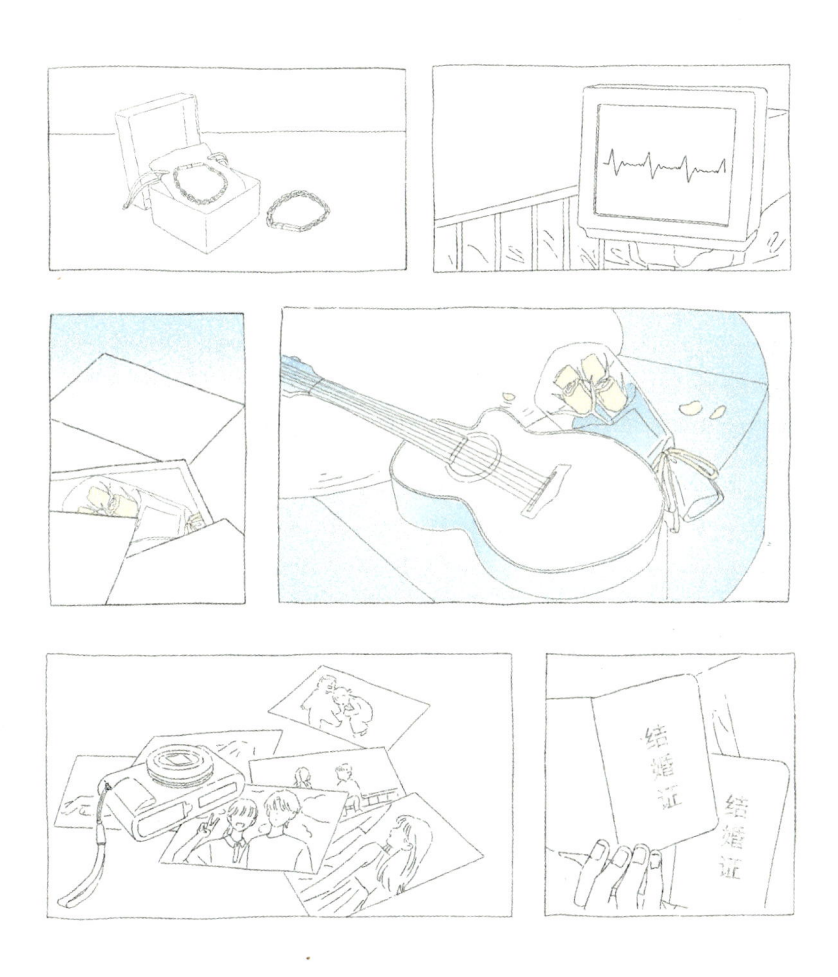

生日会这天，检边林一早就走了。

初见负责带着爸妈，还有检爸去现场，临出门检爸竟然破天荒看起了娱乐新闻。跳转过去，屏幕上就是陆从文的脸，笑着在一堆话筒前回答有关暧昧绯闻的问题。

初见没仔细听，想到和这个当红小生唯一一次碰面："这人当面一套背地一套，可瞧不起人。"

初见妈"哦"了声，她知道检爸对艺人这个职业本身就没好感，唯恐又迁怒去骂检边林，急着打圆场："人家职业就是明星，理所当然不能句句说实话，再说天天被粉丝捧着难免骄傲些，年轻人嘛。"

"检边林就没有。"初见如此反驳。

初见妈和初见爸换了个眼色，检爸也喝口热茶，很是高兴地继续看。原本是打算看看检边林被爆结婚的那条新闻回放，没想到没有，又不高兴了，直嘀咕：衰仔难得有条我看得上的新闻，还不重播……

初见这才明白检爸的意思，脸一热，招呼大家跟着自己走了。

检边林那里忙着生日会前最后的准备，顾不上他们，谢斌的意思是让他们工作人员直接带进去算了。但检爸和初见爸妈是第一次来这种场合，好奇心和小朋友似的，一致要求要正常渠道，坐正常位子，近距离感受"粉丝文化"。

于是，晓宇就送出来几张位子正的门票，在后边三步远的距离，跟着检边林老爸和老丈人丈母娘，保证他们安全落座后，和初见比了个溜走的手势，跑去继续忙了。

上下左右都是举着灯牌和荧光棒的小姑娘。

真心全是小姑娘，成熟些的不到总人数两成。

从坐下来，叽叽喳喳讨论的都是结婚的消息，各种猜测，有好的，自然有不好的。毕竟检边林公司这个消息发出来，意思非常明显：能公布的都公布，隐而不提的就是隐私了。

"你男人这次下了血本啊，给所有媒体和营销号都红包封足。他业内口碑本来就好，这次再表态得这么明显，绝对不会有人爆你们隐私。你就踏实和他过小日子吧。"

这是童菲下午和她说的。

检边林似乎因为高中初见被众人围攻和孤立的事，对这次结婚消息公布非常谨慎，做足一切准备。

就连晓宇刚才都说，其实在检边林带她去领证之前，那晚上整个公司就和所有需要打通关节的人都沟通了，包括贴吧、微博粉丝大号等等，内部都沟通过。要不然以检边林正当红，突然爆出这种事，怎么可能网上声音如此和谐？

"谢总还亲自给阮溪公司老总打了电话，大家各自明白就别炒了。结婚消息都放出来了，炒煳对谁都没好处。"

这是晓宇刚悄悄和她说的。

总之一句话，在他坐在楼梯间整晚忐忑等她睡醒时，一切早摆平。

初见低头，翻来覆去把玩手机。

有个小事让她略忐忑，是否告诉检边林还是个问题。

徐经今天给她打了好几个电话，起初看到号码，她没认出来接了，听到"喂"的一声就马上反射性挂断了。检边林对她年少时这个三天的小插曲太敏感，以至于她也变得敏感。

本来没什么的……

不告诉他？万一电话又打来，或者换个号码打来怎么办？

还是难办。

她在热闹的看台上，左思右想，还是决定拨回去彻底说清楚算了。否则检边林吃起醋来也麻烦，尤其现在她作为检边林老婆的身份想起来这件少年荒唐事，还是觉得错在检边林，自然对徐经更是抱歉。

她找了个借口离开看台，走出体育馆检票口，在僻静角落拨回去。

很快，电话就接起来："初见？"

"嗯，我白天没敢接，怕检边林生气，不好意思啊，"初见有话直说，"你找我有什么急事吗？"

……

当初出了那件事，她和徐经也是不欢而散，她去医院求情之后，两人也没联系了。过去太年轻，不知如何处理最好，多少都留了心结，自此讲开了，也就两宽了。

到这个电话，初见才知道检爸工伤那阵，检边林和徐经遇到过。

电话挂断，门口检票的工作人员开始催促人尽快入场。

初见急忙跑进去，整场灯光已经熄灭，她低放手机屏幕，照亮脚下的路，不断和观众席上的小姑娘说抱歉，躬身回到自己的位子。

突然，冷烟火爆出，绚丽的光柱扫射过内场和看台……

开始了。

他们这个位子在看台上，比较远，看两侧大屏幕比较明显。检边林在半明半暗中独自在舞台最高处现身，黑西服上衣的高瘦剪影一亮相，体育场上空瞬间爆出了巨大的欢呼声——

这是她初次看他的现场表演。

是因为关系不同了，还是他的粉丝实在太热情了，初见心怦怦跳得停不下来，要不是爸妈和检爸在，她肯定和身边那些跳起来拼命高举灯牌和荧光棒的女孩一样了……

光柱扫过去，他从两三米高的台子上，单手撑地跃身而下。

双脚落到舞台正中。

西装被身后两个女伴舞左右扯开，褪下，丢到一旁，然后是领带、白衬衫，都被身后人扯开去，丢掉。

最后，只剩下简单的贴身黑色短袖和长裤——

他反手两指在腰胯后，提了下裤腰，低头，摆正脸边的麦："开始了。"

体育场一秒沸腾，粉丝全冲起来，高喊着，从观众席到内场全是一片深蓝的荧光海。

初见紧攥着票，不行不行，好想尖叫……

……

连跳了四首舞曲后，台上伴舞都退下去，就剩他这个主角在。

检边林累得身体弯着，双手撑在膝盖上，轻喘了几口气，忽然直了身子，在安静中看镜头。

又是尖叫。

两侧大屏幕上，是他带薄汗的侧脸，前一刻目光还冷着，随后——

他深咬住下唇，破天荒地低头笑了。

"啊啊啊啊啊！我宝宝在笑，他在笑！"初见身后有粉丝激动疯了，"你见过他现场笑吗？天啊，从来没有啊啊啊！"

"天，他笑得好羞涩、好幸福！我都要哭了，不行不行，"身后有人捂住嘴，"好嫉妒，让我哭会儿。"

"要不是青梅竹马我一定接受不了他结婚，怎么有人这么命好从小认识他……"

不光是身后，四周粉丝都被他这个动作刺激了。

各种激动、感动、抽泣……

初见爸妈和检爸则更多是被吓到了，完全被这群小姑娘震撼了，不知该哭还是该笑，又莫名其妙，又骄傲，又很难理解这些粉丝……

初见看着远远舞台上那个人影，呼吸越发慢，甚至不敢偏过一点点视线去看大屏幕，怕看清他眉眼中的细节、神情。

隔着屏幕她都怕自己看脸红。

大屏幕上检边林似乎也有些不好意思，头一偏，手背略微在脸前挡了下。又是铺天盖地的尖叫。

他举起话筒。

"我知道……"他意外有些紧张，再次笑，"你们想听我说说她。"

这个"她"字出来，没有字幕解释，大家也知道是谁。

那个不知道名字的两小无猜青梅竹马的检太太。

"我五岁从广东搬到杭州，不会说普通话，她就很喜欢教我说，一句句教。后来，因为这个我就悄悄给她起了个名字，就是普通话的那个单词Mandarin。再后来上了大学，我和她天南地北见不到，经常有人问我：'检边林你有喜欢的女孩吗？'我说：'有，Mandarin。'听的人都会笑，不相信有女孩会有这么怪的名字。曼达

226

林，Mandarin，"检边林停了会又说，"曼达林，my darling。"

特别打动人，从检边林口中说出来，如此认真——

明明什么都没说，又像说了一切。

他说完了想说的，转过去背对镜头走向乐队，绕过贝斯手走到电子琴前，将自己帽子递给工作人员。

随后按了几个音，是有些熟悉的旋律。

初见一时想不起是什么歌。

检边林探身凑着，在电子琴前的话筒前轻声唱出来：

"曾经自己，像浮萍一样无依，

对爱情莫名的恐惧，但是天让我遇见了你，"

他停了停，抬眼，特意去看镜头：

"我初初见你，人群中独自美丽。"①

……

人山人海，人海人山。

没人会猜到他选了这么一首包含她名字的歌，就连初见爸妈和检爸都完全没察觉如此细微的"告白"。

太老的歌，多少人都翻唱过。似乎大家都明白了他突然在那段不太有逻辑的对"检太太"的简短介绍后唱这首歌，一定是给"她"唱的。内场和看台粉丝不可能不会，全都高声附和他唱，声海如潮。

眼泪在初见眼眶里打着转，完全不夸张，她被感动到想哭。可身边就是父母和他爸爸，怕吓到他们，她强压着不敢表露……

---

① 歌词来自《我是真的爱你》。

到尾声,他手指在键盘上来回反复,低声哼唱了几遍结尾那句——"我是真的爱你。"

生日会结束后,初见妈自主自觉鼓动大家走了,让初见去找检边林。她被晓宇带着走进后台,来去不少工作人员,忙碌而放松地做收工工作,还有人大声叫着,问一会儿去哪儿庆功。

化妆间门被推开,初见溜进去。

检边林已经卸了妆,裹着羽绒服背对化妆台的镜子,在一口口喝热水,看到初见进来,停住。

初见抱着保温壶走过去:"我给你带了炸元宵。"

哦对,今天是元宵节。他都忘了。

"我自己包的,炸的,"初见小声说,夹起来个,用筷子戳着塞进他嘴巴里,"说好吃。"

"……"太大颗,他吃了足足十几秒,囫囵吞下,"好吃。"

"什么味道的?"

"芝麻。"

她又塞进来。

"什么味道的?"

"红糖……"

她又要塞,被他攥住手:"让我喝口水……缓缓。"

初见察觉他手指冰冰的,估摸着是刚跳舞互动什么的冻到了,放下保温壶和筷子,对着手心哈了两口热气,包裹住他的手。

掌心刚碰上他手背,他下意识就躲:"太凉,会冻到你。"

初见没吭声,握住了,顺便白了他一眼:"矫情。"

"……"

"刚我和徐经通了个电话。"

检边林习惯性,眉心微拧,没说话。

"我让他以后别找我了,你太小气会生气,"初见就喜欢看他吃醋,细看他眉眼,小声问,"他说你爸工伤那阵,在学校见到你。是不是就是你把我气跑那天?"

检边林回忆着,点头。

"你那天就和他说,你和我好了好几年了?"初见又凑近,"大骗子,谁和你好了好几年了?"

"……"

"还吃吗?"初见将那个保温壶往前推了推。

检边林心里想的是,她肯定也没吃晚饭,要是自己在这儿吃太多炸元宵,耽误带她去吃晚饭的时间。

他:"要不,我吃一个,你叫我一声?"

她:"……"

嘴唇挨到她柔软的唇上蹭了蹭……他嘴唇湿软,舌头在她嘴里搅弄了会儿,想想,还是想听她叫。于是抱过来保温壶,真吃起来。

她:"……你真忘了今天是什么日子?"

检边林手顿了顿:"没忘。"

怎么可能?有关她的都不会忘。

今天是相识的纪念日。

初初遇见她,也是个元宵节。

二十几年前,检爸爸带着他挨个给邻居敲门自我介绍,用说得不太好的普通话,说是刚搬来的,趁着元宵节祝街坊节日快乐,远亲不如近邻……

最早就是敲初见家的门,可惜初见妈在炸元宵,油炸声太大没听到,后来绕了圈回来,最后在初见家门口收尾。检边林还记得门打开,初见妈特好看,笑眯眯听完,尤其听到检爸婉转说家里没有女人,所以只能自己一个单亲爸爸带着孩子来了。

初见妈立刻热情地将他们父子拉进去,把检边林按在初见身旁坐下,又把厨房干活的初见爸也叫出来,三个大人寒暄闲聊,初见妈特意语速慢一些,迁就着检爸不太好的普通话。

初见抱着自己的粉红塑料碗,警惕地看检边林:"你叫什么?"

他用粤语说:"检边林。"

"……"初见听不懂。

她盯着那一盘子炸元宵,下午妈妈刚答应她,如果她能吃到三个红豆沙馅之一,就给她的娃娃做新裙子。

初见悄无声息地用筷子戳开一个,不是,丢到检边林面前的碗里。再戳开一个,还不是,再丢过去。

假装他想吃。

于是没一会儿,盘子里的元宵少了一半,都在检边林碗里了。

"谢谢你帮忙哦。"初见终于找到红豆沙的,笑得可高兴了。

检边林从小的习惯就是不能剩饭,他默不作声,埋头吃着想:这小女孩真讨厌,真不想再见到她了……

这是最初,却不是结局。

"还记得,年少时的梦吗?像朵,永远不凋零的花。"[①]

[①] 歌词来自《爱的代价》。

230

Extra.01

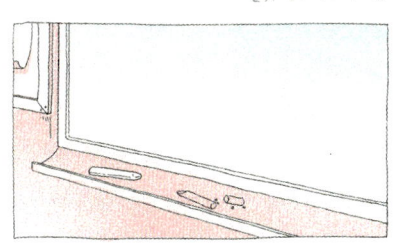

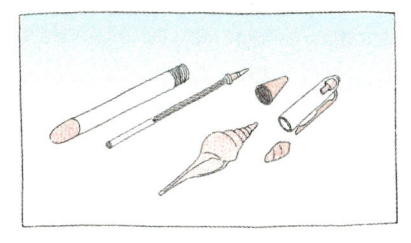

番外一.

（一）

初见生宝宝时候受了不少罪，到晚上顺产完，躺在床上浑身脱力，就盯着透明的塑料小箱子里的宝宝，小声对检边林说："我生的……"

检边林心疼了一整天，这才有点儿心情去看眼皱巴巴一个小人儿，低声说："你生的。"

"抱床上我看看。"

在被调暗的灯光里，检边林将宝宝用两手托着，放去初见身边。

初见越发觉得神奇，仔细看睡着的宝宝的五官："我真的生了个人……"

"嗯……"

太神奇了，感觉前一天两个人还坐在初见家老房子客厅角落里的四方桌上，一人占据一边在写作业，顺便她还会抄两眼。后一天两人就合伙生了个人出来……

（二）

宝宝两岁时，初见和检边林第一次带他出去旅行。初见为了防止有人拍到自己和宝宝，是和检边林分开走的，过安检时，检边林照例过了安检后又戴上了帽子和墨镜，引来身后和临近几个等候队伍的人的沸腾，不停有人惊呼"检边林！""真人好帅，帅翻了！""我检宝！""手机呢手机呢！"……宝宝压根儿听不懂这些，自己啪啪地迈着小步一路从安检门内向检边林跑："爸爸，抱！"

就在众人震惊时，初见将衣服蒙住自己的头脸，一个箭步冲上去抱起宝宝捂在怀里，百米冲刺就跑了……

"各位，不好意思，"检边林十分怕初见会埋怨自己让宝宝曝光，自觉地摘下帽子和墨镜，很不自然地咳嗽了两声，又善解人意地将衬衫领口解开了两粒纽扣，"还是拍我吧……"

（三）

初见最喜欢水族馆，她抱着宝宝一个个水族箱看过来，一边看介绍牌一边教宝宝说各种鱼的名字，检边林跟在两个人身后除了拍照就拍照，拍不完的照……最后初见不满意了，回头看检边林，小声说："你怎么不和宝宝互动啊？男孩应该爸爸多陪一些，有益于小男子汉的身心健康。"检边林控制住自己喜欢拍初见的爱好，走近，凝视水族箱里的鱼半晌，低声对宝宝介绍："那是鱼爸爸，那是鱼妈妈，那是鱼宝宝。"

欸？初见蒙了。这怎么看出来的？

向左边走两步，非常有家庭观念的检边林又很负责地轻声说："那是龙虾爸爸、龙虾妈妈，看，那个小只一些的是龙虾宝宝。"

初见："算了，你还是照相吧……"

完全沉浸在幸福婚姻生活里，无法正确传输科学知识的男人太可怕了。

（四）

初见出门就是喜欢逛那种小店补货，以"逛"为乐趣。

于是两人的手推车里，初见不停往里放的都是：小孩退烧贴、小孩感冒药、小孩洗手液、小孩驱蚊手环、小孩……

检边林不停往里放的就是：同样的。

初见喜欢拿什么，他就再原样添上一份，总之她想要买的，多买点儿总没有错。

（五）

初见有次旅行前，拿到一张来自检爸和父母亲戚的长长的单子，准备去给他们采购电饭煲、漱口水、防晒霜、洗发刷、擦橱柜的海绵等等。初见看见这么长一串单子就发愁，还都是超市用品，加上她的，任务交给检边林，他倒是成功完成了。

只是疏忽了一件事，在这种旅游地基本都会有国人做导购，又疏忽了检边林那张脸的普及度。于是，当天晚上，ins就直播了，检边林最爱用防晒霜、检边林特购橱柜海绵、检边林力推洗发刷、检边林心爱漱口水、检边林亲密爱宝吃了就舍不得放下的奶粉……

（六）

宝宝学数字时，特别喜欢8这个数字。

有一次初见出差，奶粉吃完了，检边林只能独自开车带着宝宝去超市买奶粉。买完下来，还在装后备厢时，宝宝就跑开了……开始了漫长的认数字旅程。从检边林旁边那辆车开始，找到后车牌上的8，笑一笑，奶声奶气对检边林笑："8。"

宝宝的求知欲非常旺盛，耐心又出奇地好，两小步跑到第三辆车后，默默凝视了几秒，又找到了："8。"检边林点点头："对，8。"

宝宝乐呵呵，下一辆……

这一晚，检边林跟着一路，帽子压得比谁都低，不停挡着自己和宝宝的脸，一个个把大半个地下车库的后车牌都找了一遍。碰到人家车主在的，被认出来，还要合影签名，只要求对方不要照宝宝的脸……

于是宝宝在毫不知情的情况下，造福了一整个车库的人。

主动带路，派发了一晚上亲爹的签名。

回到家，检边林和初见按时通电话，还在感慨："我觉得宝宝的执着度和耐心……随我。"

（七）

宝宝刚学会说话时，会的词语不多，无论发生什么时都说"坏坏"，意思是：不舒服，关掉了，坏了，等等。于是检边林固定带娃日，从早到晚就一直在听到"坏坏"。

他看了一半电视关上了，宝宝指着没有图案的电视机说"坏坏"；他带宝宝去打疫苗，宝宝指着自己手背上被针扎的地方说"坏坏"；他洗完脸关上水龙头，宝宝指着水龙头说"坏坏"；宝宝半夜发烧了，哭着说"坏坏"……而且宝宝自尊心很强，每次自己说一遍，还要让检边林重复三遍。

等到过了一星期,检边林和谢斌谈公事,一本正经拿着钢笔想要签自己的名字时,发现没水了,第一反应就是:"坏坏。"

……谢斌咳嗽了声,啥也没说。

检边林也很无奈,将双手按住脸低声说:"我儿子最近教我的。"

宝宝

Extra.02

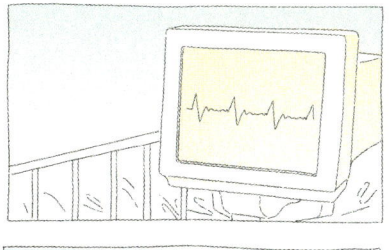

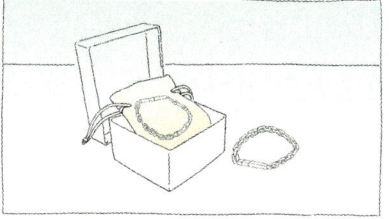

番外二.

检边林因为拍海上戏,在浪里泡了好几天,回家就病了。

晚上洗了澡后,初见去哄宝宝睡了,回来见灯还亮着,关上,想说等药凉了再叫他。

黑暗里,床上人翻了个身,找她的手。

"还头疼?要吃止疼片吗?"

没回音,但肯定是醒了。

初见等了会儿,觉得这个闷葫芦应该是睡着了。想去看药。

"好几年不生病,上次是手术。"

"是啊,"初见也奇怪,他这人挺难得生病的,"我爸说,不太病的人病起来就特别难受?"她还记得老妈吐槽,男人病起来可娇气了,完全就是小孩,没女人忍得住。

……

好吧,又不说话了。

初见刚要走,又被拉住。

"万一,我之前的病复发了,"他玩着初见的手指,想起高中时候,想离她近点儿却没办法,只能买瓶水或者冰激凌,递给她,十次有七八次能碰到她的手指,"剩你一个人。"

"说什么呢。"初见被逗笑了。

"我爸肯定能理解,你要再嫁。"

241

……

好吧，初见信了老妈说的，男人生病变小孩。

"再嫁也找不到你这么帅的，还是算了。"她逗他。

"嗯。"倒也是，他想。

"确实。"他强调。

想了会儿他再强调："还是人品重要。"

……

"啊，行吧。我去看看宝宝。"初见憋着笑跑了。

他躺床上，越想越不是滋味，越想头越疼。

等初见回来，他已经抱着被子在头昏脑涨里睡着了。

翌日。

初见给宝宝煮了麦片粥，热了三个小猪烧卖，接了谢斌一个电话说了下他烧退了的情况。

再挂了电话，发现检边林已经换了干净衬衫，坐在宝宝身边，一勺一勺喂宝宝，顺便把昨晚睡觉时在脑海里理过的和初见的感情史讲了一遍，从两人几岁时一起过六一儿童节讲起，讲到高中就卡壳了。高中是两人隔膜的巅峰期。

宝宝拿起小猪烧卖咬了口，耐心等。两人一个性子，万年不说话也不会闷死。

"算了，不说过去了，"检边林顺手拿起剩下的一个小猪烧卖，一口吃下去，"给爸爸讲讲你今天的规划。"

宝宝……从哪里讲起呢？爸爸是明星又不能去游乐场怕被拍照，可别的小朋友都可以去公园玩还能写老师布置的每日日记，每次我的日记都是今天去哪个酒店房间不错，明天换了个酒店房间也不错，其实心里是绝对委屈的，妈妈又说爸爸职业特殊也不容易，能体谅就体谅吧……

"你也不小了，"检边林觉得小猪烧卖味道不错，又拿起一个，一口吃了，"聊聊以后怎么给你妈养老？"

宝宝……

三个烧卖你吃了俩，还让我说怎么给我妈养老……

♡ 有颠簸，

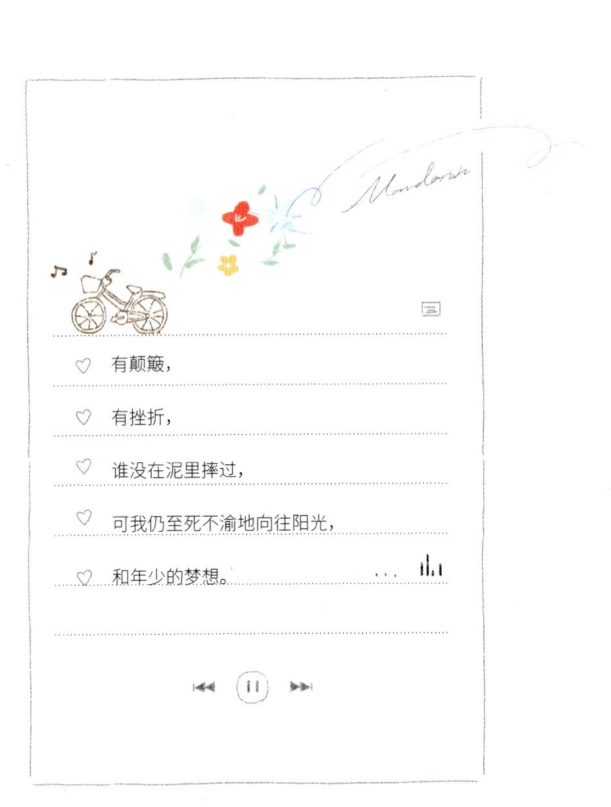

♡ 有挫折，

♡ 谁没在泥里摔过，

♡ 可我仍至死不渝地向往阳光，

♡ 和年少的梦想。

后记

　　《我的曼达林》开始在网上连载于 2015 年 10 月，完结于 2016 年 1 月，刚好最冷的三个月。

　　是我第一篇青梅竹马文。

　　我小时候，从小长大的有五六个竹马，关系一直都还不错。有过竹马的人都有体会，那种感情特奇妙，和亲人似的，三四岁就认识，那时还分不清男女，一起长大，念书，吵架，然后长大，谈恋爱、失恋，看着他们去读军校，天南海北分开。

　　多年后，再见，嚯，怎么这模样了？好神奇。

　　聚在一起，吃喝玩乐都像小时候一样，一点没有成年人的稳重成熟。

　　所以其实一直还挺想写这种感情，也是为了纪念。悄悄地，就长大了，悄悄地，就回不去了，很多感情和爱情没什么关系，却值得纪念。感情这种东西，并不只是对特定的人，而是对一个特定的时光产生的。

　　那个年龄段过去了，和青梅竹马有关的时光也过去了。

　　刚开始这个故事，我是有雄心壮志的，甚至对死党说，哼哼哼哼，要开一篇狗血纷呈、跌宕起伏的影视圈文，既然与日常工作有关，写出来一定非常精彩。

起初想，因为了解所以真实，而真实的东西永远是最好看的。

然而最后发现高估自己了，等到落笔就突然什么复杂的都不想沾，所以你们能看到，这文除了琐碎事和影视圈搭边，别的，完全没有。

追根究底，还是喜欢单纯的东西。

这个世界，我了解它是什么样子，也知道它有时候多让人失望，可这些并不是我想要表达的东西，丑陋的东西不值得让我在完成繁重工作后，还耗在台灯下、电脑前，熬到大半夜去写出来。作为一个编剧，一定知道什么是戏剧冲突的利器，可作为一个作者，我还是想在有限的时间里写一些自己由衷欣赏的、喜欢的人和故事。

我始终说，是读者让我坚持写下去，因为他们总能在让我想要搁笔时把我拉回来，但每本书我一定是为自己写的，只要这个故事开始写第一个字，那一定是因为想写、爱它。所以某种意义上，写出来的东西也是送自己的礼物，一本本，都是自我治愈的过程。

谢谢 J&C，在 2015 年的冬天出现，从此，永远存在。

到最后，正文完结的那句歌词，就是这篇文完成时，我最想送给自己和你们的：

"还记得年少时的梦吗？像朵，永远不凋零的花。"

有颠簸，有挫折，谁没在泥里摔过，可我仍至死不渝地向往阳光，和年少的梦想。

墨宝非宝